« Le malheur et la mélancolie sont
les interprètes les plus éloquents
de l'amour. »

HONORÉ DE BALZAC

CHIENNE DE VIE

Dépôt légal : 2e trimestre 2022
Imprimé en Union européenne

ISBN : 978-84-124439-6-7

Denis Lafay

CHIENNE DE VIE

Roman

Prélude de Boris Cyrulnik

ÉDITIONS EL VISO

PRÉLUDE

Nous avons tous un roman dans la tête, ou plutôt j'aurais dû écrire : toute existence est un roman.

C'est assez curieux, d'ailleurs : pourquoi avons-nous besoin de nous raconter des histoires ? Je pense que c'est pour donner cohérence à ce qui nous arrive. Sans histoire, notre vie ne serait composée que d'une adaptation à nos besoins immédiats, alors que lorsque nous écrivons un roman, nous agençons des morceaux de vérité pour en faire une chimère, un animal qui n'existe pas et où pourtant tout est vrai.

Denis Lafay ne fait pas autre chose dans ce roman : je reconnais son amour de la table et des vins qu'il organise dans le réel, mais qui dans ce livre permet d'offrir quelques moments de bonheur quand la vie devient trop chienne. Je reconnais son amour de la lecture quand il cite Tchekhov, Némirovsky ou Edgar Morin. J'ai côtoyé son amour de la musique quand le héros de son roman est luthier. Et tous les moments de beauté prenant un effet de lutte contre… la mélancolie !

C'est curieux cette fonction de l'art de rendre la vie supportable. Tous ces morceaux de beauté et de vérité sont mis dans la bouche des héros de *Chienne de vie* où les hommes, les femmes, les violons, les tableaux de Munch et les petits vins de Chablis se coordonnent pour créer une ambiance étonnante. On jouit de la vie pour lutter contre un manque. Est-ce l'orphelinage précoce qui a laissé dans l'âme du héros un vide sans cesse à combler ? Ce manque à vivre prépare le rebondissement final des dernières pages où la vie continue après la mort.

Dans une agréable réflexion, avec une écriture élégante, Denis Lafay pose le problème de notre existence dans l'âme des autres. Comment fait-on pour y vivre, pourrait-on vivre sans eux, à quel prix vit-on avec eux ? C'est à un beau voyage que nous sommes invités.

Boris Cyrulnik

CHAPITRE PREMIER

Il était prêt. Le moment était venu de quitter la maison. Une maison carrée et haute du début du XXe siècle, érigée en pierres blanches sablées et coiffée d'une toiture abîmée, aux volets récemment repeints d'un vert profond, et ornée, à l'intérieur, de tapisseries bigarrées où se mesuraient l'uni et le fleuri, le taupe et l'anis. Sa maison, celle où grandissaient trois de ses quatre enfants, celle où avait prospéré un amour solide, un amour intègre, avant qu'il ne s'étiole, irrépressiblement. Leur maison, qu'ils avaient cherchée, au moment de s'installer, dans un village paisible, préféré aux grandes communes qui encerclaient Paris. Retrouverait-il un jour ce sanctuaire où avaient sédimenté tant de ces petits événements, de ces modestes émotions qui forment le sel de la vie ? « Sel de la vie » : debout au fond du jardin qui s'étirait en longueur et que coloraient il y avait peu les parterres d'hortensias et les massifs de glycine, il contemplait presque froidement cette façade qui abritait une partie substantielle de lui-même, quand surgit dans sa mémoire le beau texte ainsi titré de l'anthropologue Françoise Héritier. Derrière cette façade, chaque objet, tableau, sculpture, bibelot, meuble était un peu de lui ; s'en éloigner suscitait une tristesse contenue, mais une mélancolie aiguë.

La mélancolie, il l'avait toujours accueillie avec bienveillance. Non pas qu'il l'eût apprivoisée – il n'en avait jamais eu la prétention ni même le désir –, simplement, il savait qu'elle était toujours près de lui. Tour à tour elle bivouaquait dans son dos, prête à lancer l'assaut et à obscurcir son âme, ou se tenait à ses côtés, lui prenant la main pour l'amener à d'insoupçonnables émotions, ou le précédait comme pour le prévenir. Il s'en était fait une compagne, qui le contentait plus souvent qu'elle ne le désespérait. Ses goûts littéraires et musicaux l'illustraient et s'en nourrissaient. Il lui arrivait de pleurer, en silence, reclus dans son corps, à lire, voir ou écouter. Lire Tchekhov ou Dazai, Levi ou Némirovsky, voir Kollwitz ou Sautter, Music ou Zurbaran, écouter Barbara ou Mozart, Reggiani ou Rachmaninov. Parfois, les sens devenaient incandescents, suscitaient une alchimie, ou plutôt sublimaient un miracle. Ainsi lorsqu'un jour, pendant un vol vers la Nouvelle-Zélande, il découvrit l'envoûtante nouvelle de Tolstoï, *Un musicien déchu*, au moment où dans ses écouteurs s'amorçait le déchirant deuxième *Concerto pour violon* de Mendelssohn.

Oui, il s'agissait bien de miracles, et sans cette disposition à la mélancolie, sans cette servitude à la mélancolie, aucun d'eux n'aurait jailli. La mélancolie, cette « affection de l'esprit », ce « vague à l'âme », cette « dépression », ainsi qualifiée selon les disciplines scientifiques, les courants psychiatriques et les époques, est aussi une résistance au dépérissement de la civilisation. Cette « maladie sacrée », selon Aristote, avait été mise en lumière lors d'une exposition qui l'avait, plus que toute autre, bouleversé.

C'était au milieu des années 2000, au Grand Palais à Paris ; le commissaire en était un historien qu'il admirait, lui-même disciple et esclave de cette humeur qui tourmente l'âme et en libère les trésors. Là se miraient les uns dans les autres les *Cannibales dépeçant leurs victimes* et *Le Préau des fous* de Goya, des Füssli, des Redon et un autoportrait de Picasso ensorcelants, des Dix, Martin, Munch, Cibber, Carpeaux ou Grosz bouleversants. Khnopff invoquait Schumann dans un salon au centre duquel une femme vêtue de noir, assise dans un ample fauteuil de velours rouge, retenait de la main droite sa tête qu'on devinait en chagrin. Il y avait aussi *L'Île des morts*, de Böcklin, qu'il aurait voulue pour ultime refuge. La mélancolie avait produit d'immenses artistes, elle éveillait ses fidèles à les comprendre, elle enveloppait créateurs et admirateurs dans une même aventure, parfois une communion. Celle à la grâce ou au péril de laquelle on met à nu les anfractuosités de sa conscience jusqu'alors épargnées.

Cette mélancolie avait, depuis longtemps, éprouvé la vie de sa famille.

Elle avait usé sa femme, Claire, qui s'était, bien malgré elle, mise peu à peu en marge des supplices ou des désolations qu'il répandait autour de lui. Quand l'être aimé s'est cuirassé dans son plaisir ou sa détresse, quand il n'autorise plus autrui à fissurer sa claustration, on s'écarte. Par dépit et par découragement, par incompréhension ou jalousie aussi, celles de ne pas être invité à vagabonder dans les méandres de celui qu'on aime.

La mélancolie l'avait également rendu inaccessible à ses enfants, Paul, Léa et Étienne, au fur et à mesure qu'ils grandissaient. L'adolescence aujourd'hui n'était pas celle qu'il avait connue. Il lui semblait que désormais les enfants considèrent avec plus de peine encore la fragilité de ceux qu'ils aiment. La faute, peut-être, à la démence technologiste, à la déraison matérialiste, qui assèchent l'empathie. Au culte de la toute-puissance et de la réussite, des notions qu'il exécrait. Il ne le savait pas avec précision, mais il ressentait de la part des deux garçons en particulier davantage qu'une lassitude à son endroit : de l'indifférence. Cette intuition l'avait longtemps effrayé, il s'était résigné, maintenant elle siégeait en lui. Quant à l'aînée, Sarah, fruit d'une liaison adultérine, il avait toujours perçu chez elle une vulnérabilité similaire à la sienne. Il ignorait s'il devait s'en réjouir ou s'en inquiéter. Peut-être élucubrait-il, puisque ceux qui l'approchaient la décrivaient comme joyeuse. Mais peu importait, après tout : voilà une dizaine d'années qu'ils s'évitaient. Peut-être était-ce cet atavisme qui les avait convaincus, l'un et l'autre, d'entretenir une relation seulement épistolaire.

La vie affective est aussi sociale et amicale. Là encore, malgré lui, il avait beaucoup entrepris pour n'être épargné par rien ni par personne. Il était luthier, et dans l'atelier où il exerçait, sa singularité suscitait des réactions contrastées. L'inquiétude, la perplexité, le rejet souvent, la sympathie quelquefois, et de temps à autre une forme de curiosité attachante, voire admirative, pour l'impénétrabilité de ce mystère mélancolique.

L'amitié était cardinale dans son existence. Dans sa jeunesse, lors de ses années étudiantes, plus tard encore. Des lézardes étaient bien sûr apparues, parfois même des fractures qui avaient provoqué des béances affectives, mais étaient-elles évitables ? « Non », s'était-il persuadé, elles étaient inhérentes aux oscillations de sa sensibilité, à l'authenticité de sa personnalité, à la radicalité de ses convictions.

Mais ces désillusions devenaient plus nombreuses et régulières, les disputes qui hier se résolvaient aujourd'hui pourrissaient. Il savait qu'il n'en était pas responsable. Mais qui, alors ?

Quand la mélancolie lui manquait, il lui criait de revenir. Quand il suffoquait, il espérait s'en délier, quand elle surgissait par effraction et le strangulait, il lui criait de fuir. Mais au fil du temps, sans qu'il en cerne l'origine, cette mélancolie s'était estompée. Elle tarissait, elle était dorénavant comme ensommeillée, aspirée vers une léthargie dont il ne comprenait ni la raison ni le cheminement. Peut-être, au gré des circonstances, à force de lutter contre elle, de la chasser ou de l'appeler à son chevet, l'avait-il épuisée. Le désenchantement affectif qui le frappait dans chaque sphère de son existence semblait croître proportionnellement à la distance qui les séparait. Lorsqu'elle était suzeraine, qu'elle resplendissait dans toute son âme, il percevait que ses dispositions affectives l'approchaient de l'« extase », ce sentiment auquel le sociologue Edgar Morin associe la « vraie vie ». Depuis que la mélancolie multipliait esquives et éclipses, son « capital affectif » – lui, ardent contempteur du capitalisme, se surprenait à employer cette terminologie oxymorique – se dissipait.

Il était malade. Mais de quel mal ?

Dans le coffre de la voiture – un vieux cabriolet anglais, petite folie exaucée après un séjour d'une « euphorie mystique » dans l'enivrante lande écossaise –, il avait disposé un sac de voyage, rempli de vêtements chauds et imperméables pour se protéger des intempéries de l'automne. Là où il comptait se rendre, il en aurait besoin. Aussi quelques auteurs qu'il voulait relire. Kafka, Dostoïevski, Marai, Oé, Tourgueniev, Mann, Šćepanović. Comme chaque fois qu'il se retirait ou voyageait, il emportait avec lui bien plus de romans que le temps l'autoriserait à lire – surtout qu'il avait pour habitude de déchiffrer lentement, d'assimiler avec précaution les mots et les tournures, de revenir sur les pages qu'il avait cornées ou commentées.

En ce dimanche matin, l'antre était encore endormi lorsqu'il enclencha le moteur. Il ne laissait aucune explication. À quoi bon ? Il était coutumier de ces fugues, elles étaient souvent l'appel à une étreinte ou à une soûlerie de quelques heures ou quelques jours, elles étaient l'exorcisation d'un mal ou l'expiation d'une faute, toutes étaient une nécessité. Pour libérer son corps des toxines accumulées dans ses divagations. Et dans son vertige.

Il se sentait rongé. Mais par quel poison ?

Il accéléra. Les formes de la maison fondaient dans le rétroviseur au fur et à mesure qu'il s'en éloignait. À la sortie du village, il emprunta la nationale, serpenta une petite heure au creux des vallons, puis rejoignit l'autoroute. Il avait connecté à l'autoradio des albums de Leonard Cohen et de Jacques Brel. De quoi l'étourdir le temps d'atteindre l'océan.

*

L'océan. Mais où sur l'océan? Il ne s'était pas posé la question. Pourtant, il n'avait pas fui dans la précipitation, il avait même pris le temps de mûrir son projet, et presque de le préparer. Il savait les raisons qui l'aimantaient vers l'océan, mais il hésitait encore sur son point de chute. Plutôt au sud, dans l'un de ces coquets villages de bois ou l'une de ces stations balnéaires bourgeoises que bordent d'immenses plages baignées, au déclin du jour, d'une lumière diaphane ? Ou dans le Nord verdoyant et tortueux, balafré de hautes falaises ou de plus modestes escarpements, quadrillé d'archipels au creux desquels, dans un crépuscule permanent, la pierre granitique, l'ardoise des toitures et des existences stoïciennes composent des villages rugueux et une âme austère ? À l'intersection des autoroutes menant au nord et au sud, il hésita. La voix de Brel vibrait alors, qui chantait l'hymne au plat pays. Il suivit la direction que lui dictait l'inspiration.

Quelques heures plus tard, il s'écarta des grandes artères, s'infiltra dans un dédale de voies secondaires, et choisit une petite route déserte. Elle perçait une forêt composite de douglas, d'épicéas et de chênes, et le mena à un hameau. Il gara son véhicule sur un parking désert. Puis, à pied, il déambula sans perspective dans les ruelles silencieuses, scruta les bâtisses blanches et grises accolées les unes aux autres comme si elles faisaient fraternité.

Il aperçut le clocher de l'église. La porte bâillait. Il pénétra dans ce qui était davantage une chapelle, ornementée d'effigies christiques désuètes et d'une descente de croix grossièrement composée. L'autel, en revanche, était d'une sobriété remarquable. Il s'assit sur l'un des bancs, puis s'agenouilla. Il interpella Dieu, qui selon lui n'existait pas, il s'adressa à Jésus, qui à ses yeux n'était pas le Messie, il s'insinua dans une religion à laquelle il était hermétique. Pourtant, il pria. De nombreuses minutes, qui étaient aussi de longues minutes.

De retour dans le village, il chercha de quoi se rassasier. Et boire. Depuis longtemps il ne se cachait plus l'emprise que l'alcool exerçait sur lui. Au début, le vin avait séduit ses sens, son palais se réjouissait des tons virils ou veloutés, racés ou séveux de ses vignobles de prédilection dans le Médoc ou tapissant les coteaux de la vallée du Rhône. L'ivresse le désinhibait ; grâce à elle, il investiguait de secrets interstices de son âme, il trouvait l'audace d'explorer les sillons d'un débat intérieur que, dans d'autres circonstances, il ne s'autorisait pas. Et il se félicitait qu'à l'hébétude dantesque de ses jeunes années il soit parvenu à substituer une ébriété convenable, maîtrisée. De plus, l'alcool ne l'avait-il pas aidé à se débarrasser des autres accoutumances artificielles, ces espaces d'abandon jouissifs et toxiques qui avaient singularisé une période si prolixe et exaltante ?

Une fois sûr de son fait, le vin avait alors étendu son empire sur la conscience et ensuite envahi le corps. La mémoire s'écaillait. Le plaisir du vin s'était peu à peu transformé en addiction, d'abord contrôlée et assumée, puis chaotique, déchaînée et répulsée. Au plaisir s'ajoutait la joie, lorsque l'enivrement apaisait et stimulait. Il ne repérait aucune issue à l'enfermement, d'ailleurs il avait abandonné tout désir d'en trouver une. Les tentatives de sevrage avaient échoué, les internements dans des établissements spécialisés s'étaient conclus par des échecs – de sa dernière cure, il s'était même échappé, avant de rejoindre en douce des compagnons et fêter son évasion dans des tripots.

Au travail, il s'était adapté. Le matin, dès l'aube, lorsque la poésie de ses mains et la dextérité de ses doigts, qui faisaient sa réputation, n'étaient pas encore altérées, il le consacrait à tordre, enchâsser, raboter, abraser, caresser les essences d'érable, d'ébène ou de palissandre des violons que lui confiaient héritiers d'un grenier familial ou concertistes renommés. L'après-midi, par souci de ne rien risquer qui puisse, même imperceptiblement, abîmer les œuvres, il le réservait aux tâches administratives, à l'accueil des rares clients, plus sûrement à recevoir dans son âme quelques interprétations ou partitions qui complétaient l'exercice de son art.

Sur la jetée qui jouxtait le petit port, il profita de ce qu'une auberge servait encore. Quelques crustacés et une sole grillée accompagnés d'un solide pic-saint-loup « riche » du soleil languedocien. Il fallait bien ça pour se réparer de la fatigue du voyage, pour s'extraire provisoirement de la torpeur dans laquelle il semblait statufié depuis un temps indéfini, et plus prosaïquement pour affronter la pluie froide, toutefois encore supportable, qui maculait l'horizon et s'égouttait sur ses vêtements.

D'un pas lent mais décidé, il retourna à sa voiture, et transvasa le contenu de sa mallette de voyage dans un sac dédié à la randonnée qu'il avait pris soin d'emporter. Dans sa gourde, il avait versé le reste de pic-saint-loup. Il s'arma d'un bâton, autant pour supporter sa lourde et chancelante carcasse avinée que pour dissuader les animaux errants qu'il redoutait de rencontrer. Il conservait à jamais la peur des chiens, qu'il disait avoir endurée dans les rues de Bucarest, dont elles étaient envahies lorsqu'il y vivait avec ses parents – son père diplomate et sa mère professeure de violoncelle, tous deux d'obédience communiste, s'y étaient installés à l'époque du sanguinaire Ceaucescu. Ainsi prêt, il rejoignit l'étroit chemin, à peine balisé, qui longeait la côte.

Il progressa à un rythme d'abord soutenu, puis ralentit.

Il était vidé. Plus précisément, et cette inquiétude ne le lâchait plus, il se sentait vide.

C'est ce sentiment qui l'avait conduit à partir. Il était resté longtemps embryonnaire, puis il avait grossi, avait enflé inexorablement. Pourtant, un accouplement fougueux, l'attention inopinée d'un de ses enfants, les larmes de plaisir d'un musicien déplaçant l'archet sur les cordes d'un violon guéri, les rires et la joie des repas enfiévrés entre amis, le souvenir du regard bienveillant et de la pudeur affectueuse de son père, continuaient de le combler à intervalles plus ou moins réguliers.

Un jour – il ne parvenait pas à le dater –, cette perception qu'il était vide implosa en lui. Elle se répandit instantanément, partout. Fort heureusement, elle se résorba. Mais de manière momentanée. Quelque temps plus tard, sans que là encore il réussisse à figer avec précision le moment, le ressac surgit. C'était un soir d'été, son épouse et ses enfants étaient partis en vacances, il était seul chez lui. La journée de travail avait été dense mais supportable, l'atmosphère était moite mais tolérable. Allongé sur l'herbe, face au ciel qui entamait son noircissement et laissait les étoiles commencer leur scintillement, un verre de vin à la main, pour la première fois il éprouva qu'être *seul* et qu'être *vide* composaient un même sentiment.

Dans la réclusion il s'était jusqu'alors toujours complu, parce qu'elle formait un sanctuaire à l'intérieur duquel il était libre de penser, de songer, d'agir. Mais elle devenait déréliction. Si désormais il était mal d'être seul, c'est parce qu'il était devenu vide. Le bouleversement fut, cette fois, plus violent que la première fois. Pas une enclave, pas un refuge de son âme n'y résista. L'éruption était totale, la lave s'immisçait dans chaque recoin, l'incandescence était insupportable. Pire, elle allait demeurer pour toujours en fusion. Bien sûr, de joyeux instants l'adouciraient, mais l'état de tension, l'état de vulnérabilité, resterait permanent.

Maintenant, il fallait apprendre à vivre avec ce vide.

C'était pour espérer comprendre ce vide, à défaut de le remblayer, qu'il avait décidé d'arpenter, seul, la côte océanique. Peut-être, espérait-il de nouveau, longer l'arête qui sépare le sol de l'abîme l'aiderait à saisir ce que le vide contient. Et aussi pourquoi, comment, le plein s'était éviscéré. Ce sentier devait être sa thébaïde.

*

Les préjugés climatiques auxquels cette région était associée étaient, depuis le début de son périple, démentis. Peu de pluie, un froid plutôt sec, un soleil généreux pavaient sa progression, lente mais régulière, sur la côte où se succédaient prairies vertes et mésophiles, champs de bruyères multicolores et landes sèches ou humides. Il n'était pas pressé d'atteindre son but, en conclusion duquel il accomplirait un dessein qu'il ne parvenait pas encore à cerner. Chaque pas l'amenait vers un sujet ou un objet qui l'éclairait sur lui-même. Ce pouvait être violent ou réjouissant, prendre la forme d'une catharsis ou d'une inflammation. Claire concentrait l'infini nuancier de ces émotions.

Il l'avait connue dans une galerie de la rue de Seine, lors d'un vernissage consacré à un photographe dont l'œuvre était plutôt quelconque, et même médiocre. Tous deux avaient cet artiste pour connaissance commune, et c'est d'ailleurs lui qui les présenta l'un à l'autre. Ce soir-là, elle portait une robe noire et courte, elle était peu maquillée et arborait des bijoux discrets. Cette élégante sobriété mettait en éclat un regard et un sourire qui l'avaient instantanément ébloui. Une silhouette élancée, de longs cheveux châtains sommairement attachés pour laisser quelques mèches danser sur son front et son cou, des yeux verts d'une intensité tétanisante, des mains qu'il devinait d'une délicieuse douceur et qu'elle mouvait avec sensualité, une voix légèrement abîmée par la cigarette, formaient un corps d'une grande beauté et annonçaient un esprit singulier.

Elle exerçait sur lui un effet magnétique, et il percevait que la réciprocité était probable. Ils ne tardèrent pas à saluer l'hôte, et partirent s'abriter du froid chez un cuisinier italien. Ils se restaurèrent de pâtes aux truffes, burent beaucoup. Au fur et à mesure que le temps filait, les silences embarrassés se relayaient à intervalles rapprochés. L'émotion de la chair et celle des mots entraient en conflit. Chacun le pressentait : le moment était venu qu'à la découverte des âmes succède celle des corps. Si tant est que les premières soient distinctes des seconds, ce qui serait une hérésie, puisque l'alchimie des corps participe à celle des âmes.

La nuit fut celle d'étreintes que ni l'un ni l'autre n'avaient soupçonnées. Dans la chambre d'un hôtel insipide qui jouxtait le restaurant, chacun avait immédiatement effeuillé ses appréhensions, les corps s'assemblaient, se respectaient, s'engouffraient, se brutalisaient, se faisaient honneur comme s'ils s'étaient déjà apprivoisés. Chaque corps *disait* qu'il avait saisi le désir de l'autre, il *faisait* pour apaiser la gêne ou enrubanner la pudeur de l'autre, et même il révélait à l'autre des territoires dont il ignorait ou avait camouflé l'existence. Ensemble, ils s'autorisaient à penser à une communion.

Avant que naissent Paul, Léa, puis Étienne, il y eut Sarah. Mais Sarah ne sortit pas du ventre de Claire.

Quelques mois après leur mariage, il participa à la tournée, au Proche-Orient, d'une formation symphonique allemande. Sa renommée de luthier avait dépassé Paris, et le premier violon de l'orchestre, une virtuose slovène, l'avait appelé à ses côtés pour prendre soin de « son » Guarneri, qu'elle avait hérité du maître Itzhak Perlman. Le jour de la seconde représentation à Tel-Aviv, il s'était levé bien avant l'aurore. Il avait été réveillé en sursaut vers trois heures par des jappements rauques et oppressants qui sourdaient de la rue, et l'effroi avait été tel que retrouver le sommeil s'était avéré impossible. Une fois son bol de café et ses premières cigarettes consommés, il était parti déambuler sans choix préconçu dans la ville.

La « colline du printemps » méritait bien son nom, en ce début de mois de mai. La végétation était luxuriante, les citronniers et les orangers émaillaient les rues, d'autres espèces ombraient les façades et l'intérieur des maisons, les fleurs des cerisiers déplacés du plateau du Golan éclaboussaient les parcs, nombreux dans la cité. Il avait d'abord descendu la côte méditerranéenne, cette succession de larges plages surplombées ou plutôt dénaturées par de hauts immeubles de style médiocre et ostentatoire, puis avait rejoint la vieille ville de Jaffa, se perdant avec délectation dans son marché aux puces. Il était remonté ensuite par les quartiers bohèmes de Neve Tzedek et Florentin, passant d'une terrasse de café à une boutique de décoration ou à l'échoppe d'un créateur de mode. Il aimait l'anarchie de ces enclaves qui résistent encore aux diktats de l'aseptisation et de l'uniformité, où rien n'est propre ni n'est sale, où rien n'est parfait ni n'est négligé, où Juifs et Arabes partagent un trottoir, un immeuble, une bière.

Puis il s'étourdit dans le marché de Carmel, où il fut saisi par l'animation bruyante et la ferveur joyeuse des marchands ambulants ou sédentaires, et par une explosion de saveurs. Comment une profusion de parfums aussi dissemblables et même antagoniques que ceux des fruits, des épices, des poissons, des charcuteries fumées, pouvait-elle fleurer une senteur aussi enchanteresse ? Les édifices Bauhaus érigés par la diaspora des Juifs fuyant les premières persécutions nazies et disséminés le long de larges avenues et de ruelles adjacentes formaient une haie d'honneur vers un autre spectacle, celui qu'hébergeait l'écrin du musée d'Art. Là, Klimt, Schiele, Kokoschka, Beckmann, mais aussi Kieffer, Doig, Messager, Ernst ou encore Chagall exposaient des œuvres majeures. Il demeura de longues minutes devant un bouleversant Picasso, « Femme et enfant en bord de mer », traduisit-il.

Combien de kilomètres avait-il parcourus avant de rejoindre, harassé, l'hôtel ? Il n'en savait rien, c'était sans doute considérable, à l'aune des douleurs qui striaient son dos et irradiaient les articulations des jambes, mais la fatigue était jouissive.

Depuis bien longtemps ses sens ne s'étaient pas accordés en un laps de temps si concentré, et n'avaient pas composé une telle apothéose.

Il se reposa une heure, et se rendit à la terrasse du bar, située sur le toit qui dominait le quartier yéménite. Il commanda un cocktail Americano, grilla plusieurs cigarettes, et conversa avec quelques-uns des musiciens venus se détendre avant l'événement du soir.

Cette seconde représentation fut bien, en effet, un événement. Elle eut pour théâtre la cour centrale du mémorial de Yad Vashem, à Jérusalem, et pour partition principale le *Concerto pour violon et violoncelle* de Brahms. Ce que les murs de l'enceinte avaient accumulé de pleurs, de silences, de sentences, de pardons depuis leur édification, semblait mythifier l'interprétation des deux solistes et celle de chaque corde, chaque bois, chaque cuivre qui les convoyait. Le moment était un miracle. Le miracle submergea les musiciens et les spectateurs. Et aussi le luthier.

Il n'était pas juif, mais depuis toujours la Shoah provoquait en lui un questionnement et un intérêt particuliers, et inépuisables. Ce moment de l'histoire constituait un révélateur : comment l'être dit éduqué peut-il basculer dans la barbarie, comment fait-on cohabiter en soi le mal et le bien les plus antithétiques, comment le phénomène de groupe coagule-t-il les haines, comment une patrie devient-elle nationalisme et une démocratie tyrannie, comment le progrès scientifique n'irrigue-t-il plus le progrès humain et le progrès civilisationnel ? Et, pour illustration des incompréhensions les plus insolubles à ses yeux, comment l'âme des geôliers nazis des camps d'extermination pouvait-elle jouir d'écouter une *Polonaise* de Chopin et jouir d'humilier, de torturer, de démembrer, d'assassiner des enfants, des adultes, des vieillards « coupables » d'être des « sous-hommes » ?

Levi, Kertész, Semprún, Braun, Applefeld, Veil, Zweig, il avait beaucoup lu, et espéré élucider quelques ressorts de l'indicible. Il s'était rendu dans les camps d'Auschwitz et de Birkenau, il avait vu l'innommable, il avait – un petit peu, conformément à son statut – ressenti l'innommable. L'Holocauste, et ce qu'il permettait de démasquer dans l'espèce humaine, n'avait jamais cessé de le hanter.

De retour à l'hôtel, que partageait l'ensemble de l'orchestre, ni lui ni la jeune violoniste n'étaient disposés à éteindre dans le sommeil l'émotion extatique. Elle devait se prolonger coûte que coûte, ils ne pouvaient se résoudre à un épilogue qui l'aurait affadie. Ils consommèrent des Negroni au bar du luxueux établissement désert en cette heure avancée de la nuit, puis sans un mot s'engouffrèrent dans la suite de l'artiste. L'étreinte fut animale, à chaque jouissance succédait une autre, le couple s'assurant que l'embrasement suivant maintienne les corps en vie et immortalise le souvenir du concert. Lorsque au matin il s'assoupit enfin, il n'éprouva pas de sentiment de faute. Le contexte semblait l'absoudre du péché, il lui promettait, s'en convainquait-il, la miséricorde, et s'il devait y avoir rédemption, Claire s'en chargerait elle-même. Il s'en était persuadé. Il eut raison.

De retour en France, il la convia à une promenade. La pluie, même faible, la brise sévère, étaient peu propices à paresser sur l'un des sentiers qui quadrillaient les alentours du village. Elle aurait dû conjecturer le surgissement d'une incongruité.

Elle ne suspecta rien. Il lui confia l'inaudible, l'inenvisageable, l'inacceptable, sans rien omettre des détails circonstanciels. Elle l'écouta, abasourdie. Elle pleura, mais elle était sans colère. Et elle lui pardonna. Plus essentiel à ses yeux que ce tremblement de terre était l'amour intègre, incontestable, immense, qui les unissait. Cet amour éclaircissait son discernement et s'imposait au moment de juger et d'annoncer la sentence.

Cette réaction étonnante, il l'avait anticipée, car il connaissait les cavités dans lesquelles Claire avait dû apprendre, dès les premières années de sa vie, à se faufiler pour échapper à la malédiction qui frappait sa famille. Oui, une malédiction, dès lors qu'un même mal se reproduit, se diffuse de génération en génération. Au plus loin que Claire remontât sa connaissance des ramifications phylogéniques, l'amour avait toujours été martyrisé. Les formes qu'avait prises le supplice étaient diverses, avait-elle vu, su ou elle-même subi ; dans de rares cas – heureusement –, lui avait-on rapporté, elles étaient incestueuses, plus souvent elles étaient psychiques, adoptant tour à tour le silence, les moqueries, les lâchetés, l'intolérance, le rejet.

De tous ces stigmates, celui qui avait rudoyé le plus sournoisement et douloureusement Claire était l'indifférence. Ni son père, ouvrier dans une exploitation agricole, ni sa mère, encagée dans un délire paranoïaque chronique, ni ses frères ni ses sœurs n'avaient jamais témoigné une quelconque attention à l'enfant, à l'adolescente, à la jeune fille indocile. Pire, son remarquable parcours scolaire et étudiant, qu'elle devait à la perspicacité, aux talents de découvreur d'un professeur d'histoire et qui l'avait menée à de brillants diplômes en anthropologie, lui conférait, dans sa parentèle, le titre de « traîtresse ».

L'indifférence, confiait-elle souvent à son époux, ne crucifie pas ; elle est un poison qui lentement, subrepticement, infecte, assaille une à une les cellules qui forment l'émotion, mais aussi la faculté d'accueillir et de donner l'affection. Jusqu'à leur rencontre, elle avait travaillé sans relâche et avec succès à la conjuration de ce spectre, elle avait sans cesse agi pour faire face aux manifestations de cette malédiction, puis pour s'extirper du syndrome endémique auquel succombaient la plupart des autres membres de sa colonie.

Il était le premier homme à qui elle savait offrir, sans limites et sans calcul, de la considération et de la tendresse.

Rien, aucune félonie, aucune perfidie, aussi humiliante et tragique fût-elle, ne devait l'écarter de la rectitude qu'elle traçait, imperturbablement, avec abnégation et discipline. Et puis elle n'oubliait pas qu'elle-même avait commis une faute : elle lui avait imposé de se marier, elle l'avait obligé à cette institution bourgeoise qu'il exécrait mais qui constituait le seul refuge qu'elle avait identifié pour abriter son couple des tempêtes. Peut-être, inconsciemment, par la fourberie dont il s'était rendu coupable en Israël, avait-il voulu la punir. Peu importait, finalement. Rien ne devait vulnérabiliser son amour, ni, elle en était certaine, leur amour.

Par amour, elle avait toujours été « là » pour écouter, comprendre, consoler, accepter, pardonner, relever. Là quand le fugitif expectorait son mal-être, quand il disparaissait dans les marécages, quand il se recroquevillait dans son vide. Là quand il désertait la maison et rentrait en lambeaux, quand les gendarmes l'avaient trouvé errant dans un bois, quand son atelier avait brûlé. Là quand il ne communiquait plus, était sourd aux peurs et aux supplications de ses enfants. Là quand ses pensées étaient ennuagées d'obsessions impénétrables, de tourments incurables. Là aussi quand son sourire éclatait, quand son imagination ensoleillait, quand sa générosité débordait, quand son emphase rassemblait, quand l'accouplement incendiait.

Par amour, Claire était là. Lorsque son amour fatiguait, le devoir prenait le relais. Lorsque le devoir s'usait, la compassion suppléait. Et lui, conscient que le point de bascule, que l'hypothèse du non-retour approchait, se ressaisissait. Alors il donnait à Claire de quoi reconstituer sa volonté et sa possibilité d'aimer.

Claire l'aimait peut-être aussi par loyauté, en retour de l'amour qu'il lui avait remis lorsqu'elle lui avait confié son fardeau. Un amour qui, à ce sujet, n'avait pas été linéaire et, curieusement, au gré du temps s'était fortifié, par à-coups qu'elle n'associait à aucune logique. Le fardeau portait le prénom de Sébastien, il avait le corps d'un enfant de quatre ans, il était depuis bien longtemps dissous dans sa mémoire, dissous dans une urne.

*

Sébastien était né alors que Claire était encore mineure, âgée d'à peine seize ans. Il avait été conçu lors d'une kermesse dans la salle des fêtes du village où elle résidait. À cette soirée participaient des camarades du collège qu'elle fréquentait en classe de troisième. D'autres adolescents, venus de communes voisines, s'étaient joints à eux. La bière coulait, les cigarettes crépitaient, la musique beuglait, les corps s'émoustillaient, et déjà depuis quelque temps le coït constituait chez Claire à la fois un exutoire, la manifestation de son affranchissement, l'occasion de transgresser l'ordre d'un foyer familial exécré, l'opportunité d'exhiber sa rébellion.

Ce soir-là elle était ivre, les autres jeunes étaient ivres, elle enfourcha de son corps nu le corps nu d'un garçon, comme on s'y emploie à cet âge : bestialement, à la dérobée et à la hâte, sans plaisir ni déplaisir, sans autre contentement que de se croire adulte. Elle découvrit sa grossesse trop tardivement pour envisager un avortement. Peut-être, d'ailleurs – elle n'en savait rien ou ne s'était jamais autorisée à le penser –, l'avait-elle déniée dans sa conscience et dissimulée dans son ventre pour ne pas avoir à « choisir ». Ses parents s'étaient échinés à désigner un coupable, peut-être même à espérer un abus, un viol, afin de disculper l'inconvenante aux yeux de tous. Claire assuma un acte volontaire, elle ne chercha pas à identifier et à solliciter le père, elle vécut avec détachement, sans panique ni joie, le développement de ce corps vivant dans son propre corps qui se transformait désagréablement.

Sébastien naquit, et le retour dans le triste pavillon fut pesant. Claire n'était pas aimée, elle était encore moins aimée qu'elle ne l'avait jamais été. Comment, dans un environnement à ce point abrasif, aurait-elle pu aimer l'enfant ? C'est pourtant ce qu'il advint. Oh, ce n'était pas un amour instinctif, un amour inconditionnel, un amour viscéral qui la liait à ce petit corps qui avait déformé et fait souffrir le sien ; c'était un amour distant, craintif, prudent, mais qui était appelé, avec le temps, à se consolider, à révéler des émotions qu'elle était alors incapable d'entrevoir.

Claire avait bien sûr réorganisé son temps. Elle échappa au redoublement, intégra un lycée où elle n'était connue de personne, et son infaillible volonté de fuir un jour ce milieu familial toxique décuplait sa motivation scolaire.

Le lit de Sébastien était placé dans un angle de sa chambre, dont elle avait lavé les murs des posters jaunis et de la saleté accumulés depuis des années dans l'indifférence. Tout visiteur aurait été heurté par la froideur de la pièce, par la nudité matérielle et la sécheresse affective qui en émanaient. Le dénuement du lieu ne pouvait qu'entraver l'épanouissement de Sébastien, la quasi-absence de jouets et de jeux pénalisait sa stimulation. Claire tentait bien quelques attentions, mais les devoirs, les sollicitations de ses amis, les sorties le week-end la détournaient de sa responsabilité. Le pédiatre n'avait pas manqué de la sensibiliser à cette carence, puis il l'avait alertée à plusieurs reprises sur les dégâts futurs que ce qui allait s'apparenter à des manquements, aggravé par une alimentation inadaptée, était susceptible de provoquer. Il l'exprimait toutefois avec indulgence, et avec la bienveillance que réclamaient l'âge de Claire et l'entourage familial dont il avait connaissance. Chez elle, personne ne lui en faisait grief, personne ne la ramenait à la raison, puisque personne ne se souciait d'elle ni de son fils. D'ailleurs, et même de la part des enseignants sensibles à son histoire, qui aurait osé houspiller une jeune fille de seize ans prisonnière d'un enfant ?

Les mois s'écoulèrent, les progrès de Sébastien étaient manifestes mais lents. Et certains indices inquiétaient. Sa motricité cahotait, son regard se déplaçait irrégulièrement, ses réactions parfois incohérentes dissonaient des situations qui les sollicitaient. Surtout, il riait peu, il pleurait peu, il se manifestait peu. Il ne dérangeait pas. Comme s'il voulait se faire oublier de celle dont il avait bouleversé l'existence, comme s'il voulait être oublié de ceux qui niaient et méprisaient sa présence.

Un jour – c'était deux semaines avant l'anniversaire de ses quatre ans –, après que le médecin puis une psychomotricienne l'eurent ausculté, le verdict tomba : Sébastien cumulait une apathie et des réactions troublantes, qui annonçaient des dysfonctionnements complexes et pouvaient retarder ses apprentissages. Passé la sidération puis la colère puis le rejet, Claire adopta un comportement qui stupéfia l'entourage. Elle destina à son fils une attention nouvelle, une sollicitude touchante, elle s'appropria certaines prérogatives maternelles dont elle s'était dépouillée dès l'accouchement. Elle décida de devenir mère.

Jusqu'alors, quand elle rejoignait sa bande après les cours ou le samedi soir, le reste du clan veillait sur Sébastien. Ou était censé le faire. Peu importe après tout, se rassurait-elle, entraînée dans l'étourdissement légitime de l'adolescence qui l'écartait du pragmatisme prosaïque que dicte le devoir d'éducation. Maintenant, ses échappées s'espaçaient, se raréfiaient. Son intérêt, d'habitude happé par un objet amical, amoureux ou ludique, parvenait à se fixer sur les mouvements, les yeux, les sens de Sébastien. Il devenait peu à peu central dans son existence, et de ce repositionnement dans ses priorités commençaient d'éclore une préoccupation, un attachement, une patience, une exigence, qui s'apparentaient à un amour conscient, un amour responsable. Ses parents, ses frères et sœurs n'étaient pas encore à embrasser cette métamorphose, et l'annonce des altérations psychiques de l'enfant avait, au début, banni un peu plus le tandem ; toutefois, Claire constatait dorénavant une lente mais perceptible évolution, une considération certes timide, mais visible. Parfois une main venait caresser la joue, parfois un sourire venait soutenir celui de l'enfant, parfois une attention venait soulager la mère. C'est ce retournement qui la dissuada de les suspecter d'une responsabilité, d'une négligence coupable dans la mort de Sébastien.

Au petit matin d'une nuit d'été qu'elle avait passée dans la couche d'un prétendant, Claire se glissa silencieusement dans sa chambre. Elle se démaquilla, ouvrit la fenêtre pour fumer une dernière cigarette avant de se coucher, et pencha son visage sur celui de Sébastien. Sa respiration était inaudible, elle n'expulsait aucun souffle. Le soleil était déjà levé, qui projetait une chaude lumière sur le lit de l'enfant, marbrée au travers des barreaux. Dans ce halo, son corps apparut froid, la peau crayeuse bleuissait, les yeux étaient clos, les membres ne réagissaient pas aux gesticulations de Claire, d'abord douces puis énergiques puis hystériques. Elle haleta, elle suffoqua, elle s'étrangla, elle frappa de ses poings possédés le lit, les murs, son propre crâne. Sa peau exsuda l'éruption traumatique, son corps brûlait, son corps incendiait. Elle hurla qu'on réveille Sébastien, qu'on le ranime, elle hurla qu'on le ramène à la vie, elle hurla qu'on l'arrache du cauchemar, elle hurla qu'on les sauve, lui et elle. De ses hurlements, d'abord aucun son ne sortit, puis ils fracassèrent les murs, la toiture, les sols, personne jusque dans les champs environnants ne pouvait ignorer qu'un drame s'était produit dans la maison de Claire.

Sébastien s'était fait, définitivement, oublier.

L'autopsie conclut que la mort avait pour origine une malformation cardiaque. De ce jour, Claire s'engouffra dans une longue hibernation qui s'étira sur plusieurs saisons et dont elle s'extrayait aux seuls motifs d'étudier. Étudier pour disparaître pour toujours de cette grotte où les malheurs les plus sournois et le malheur le plus innommable semblaient s'être coalisés pour conspirer.

C'est à cette femme qu'il ouvrit ses bras un soir de vernissage, c'est ce deuil qu'il accepta d'accueillir dans sa vie. Claire lui « apprit Sébastien » un dimanche matin, quelques semaines après leur rencontre. La veille, ils s'étaient confié les sentiments que leur inspiraient les romans auxquels ils étaient intimement liés. Il exprima en confiance, conjurant toute pudeur, les propriétés émotionnelles, à ses yeux thaumaturgiques, de *La Peste* et de *Rosshalde*. Il détaillait notamment les symptômes physiques que provoquaient jusque sur la surface de ses yeux, humides, et de sa peau, frissonnante, les passages descriptifs de l'agonie, « à la fois irrespirable et éthérée, dévorante et lumineuse », qu'Albert Camus consacre au fils du juge Othon et Hermann Hesse à celui de Johann et Adèle Veraguth. Claire comprit alors qu'il pourrait l'aimer lestée de son malheur. Elle lui en était pour toujours reconnaissante. Et redevable.

Dans le drame de son adolescence pouvait être lue l'attitude, d'une dignité admirable, qu'elle témoigna lorsque son mari déclencha la foudre dans leur couple naissant, encore sans enfant. Un an après son inconduite à Jérusalem, à l'occasion d'une cérémonie de remise de prix qui les couronnait tous les deux, l'artiste slovène informa le géniteur de sa paternité. Il fut catégorique : il allait vivre avec l'inexistence de l'enfant. Claire n'hésita pas : elle vivrait et ils vivraient avec l'existence de Sarah. Une fois de plus, elle était là.

*

Ce vide, qu'il creusait et qui le creusait, se dilatait. Il l'apparentait à une excavation qui, au début, formait une intrication de galeries souterraines où il aimait se perdre. Puis les parois de l'écheveau s'étaient peu à peu élimées, il les écrêtait par sa propre désespérance, sa propre décrépitude, et un jour l'inexorable advint. Le labyrinthe devint une catacombe où il s'enfouissait au moindre vertige, il l'organisait en tranchées entre lesquelles il serpentait au gré de son humeur. Il y circulait sans maîtrise, le labyrinthe était son terrier, dont les issues étaient dorénavant emmurées. Il appelait alors au secours, il aurait voulu que sa mère et son père soient là pour perforer le blindage et l'extraire de la crypte. Il le ressentait : cette caverne était devenue son hypogée, et qui mieux qu'une mère ou qu'un père pouvaient l'en libérer ?

Le chemin rocailleux sur lequel il progressait au bord de l'océan, défiant l'embrun tenace, le froid désormais glacial, la brise qui avait défléchi les rares arbustes et éraflait l'horizon, le bruit des ressacs qui frappaient la roche et projetaient sur lui les résidus d'écume, ses parents auraient pu le parcourir. Ils aimaient ce décor, auquel ils l'avaient éveillé lorsqu'il était enfant. Le vide de la mer l'avait, très jeune, effrayé, et dissuadé d'apprendre la navigation. Il en avait toujours conçu une profonde amertume. Sans doute, savoir gouverner une embarcation aurait été précieux pour que le vide du grand large vienne, même modestement, secourir le vide de son être.

Son père, Jacques, était issu d'un milieu de confortable bourgeoisie, ancrée dans une modeste préfecture de Bretagne et qui avait prospéré dans le commerce des conserves de thon. Cette bourgeoisie provinciale étriquée était, à bien des égards, caricaturale, et Maupassant ou Chabrol s'en seraient saisis avec délectation pour animer l'un ses textes, l'autre ses films. Posséder, acheter, accumuler, montrer, moquer, critiquer, se méfier semblaient former le corpus d'une destinée familiale qui avait négligé l'essentiel : le sens et l'utilité de ce qu'elle entreprenait.

Lui, dans cet environnement sclérosant, avait, très jeune, étouffé. Il accomplit de brillantes études, d'abord à Sciences Po Paris puis à l'ENA, et rompit avec son milieu, sur un plan non pas affectif mais politique. Sa sensibilité au communisme avait germé pendant ses années de lycée. Elle aurait pu être de circonstance, elle aurait pu être une réaction infantile et momentanée à la fadeur intellectuelle, à l'inconsistance idéologique qui corsetaient sa famille. Il n'en était rien; elle épousait une foi, une espérance, un idéal solides, qu'il s'amusait, il est vrai telle une friandise, à confronter à la futilité du foyer que partageaient, outre ses parents, un frère employé dans la conserverie et une sœur avantageusement mariée.

Par son métier, Jacques sillonnait la planète, et sa présence aux côtés de son épouse et de son fils était erratique. Sa haute taille, le large front derrière lequel fourmillait une intelligence aiguisée et redoutée, sa discipline d'ascèse, ses rites d'une mystérieuse rectitude, imposaient, et ils impressionnaient le rejeton. Mais la connivence entre eux était palpable, elle était d'ailleurs la translation fidèle de celle qui liait les époux. En bien des occasions, lorsqu'il s'agenouillait pour écouter, distraire, égayer son enfant, lorsqu'il l'emmenait au stade de football assister aux derbys ou à l'auditorium découvrir Grieg, lorsqu'il le plaçait à ses côtés pour lui apprendre le solfège ou les subtilités du jeu d'échecs, Jacques était père. Pudique et avare de ses gestes, il exprimait un amour intactile mais authentique, et même lorsque ses mains étaient engoncées dans ses poches, son fils les sentait presser et rassurer les siennes. De ce père frondeur et révolté, insubordonné et audacieux, qui exerça dans la diplomatie, il avait toujours été fier.

L'admiration se mua en béatification, un jour d'août, pendant les vacances. Jacques se tua lors d'une ascension dans le massif dominant Chamonix. Alpiniste aguerri, il s'était embarqué avec son fidèle compagnon, Lionel, dans la périlleuse face nord de l'aiguille du Fou. Le soleil resplendissait, la cordée progressait normalement lorsque, au milieu de la paroi, un bloc de granit se désolidarisa et s'abattit sur eux. Les deux grimpeurs furent emportés dans le vide, leurs corps furent engloutis dans le glacier. Il ne resterait au fils, âgé de dix ans, que la mémoire d'un homme aimé et d'un père aimant, celle aussi d'une déchirure, d'une plaie qui, quarante ans après, continuait de puruler.

La mort de sa mère survint sept ans plus tard. Il était adolescent et s'apprêtait à passer son baccalauréat. Élisabeth résista à la maladie avec une admirable pugnacité. Il en éprouva un sentiment compassionnel, une tendresse, et même une affection qu'elle lui avait jusqu'alors rarement inspirés.

Sévère, austère, distante, égoïste : voilà comment il l'avait toujours jugée, dressant, pour s'en protéger, un rempart qu'il pensait à jamais infranchissable. C'est à cette fin, en tous les cas, qu'il l'avait patiemment, méthodiquement, érigé. D'ailleurs, parcimonieux étaient les souvenirs où elle apparaissait, l'indifférence – peut-être mésinterprétée – qu'il éprouvait et pensait réciproque l'ayant tenue à distance des moments jugés dignes d'occuper sa mémoire.

Un jour donc, cette muraille céda.

Sa mère agonisante, autrefois si flamboyante du haut de son mètre soixante-quinze et dans ses robes qui honoraient une taille et une élégance jalousées, était couchée sur son lit. Elle déployait un corps cadavérique qui semblait rapetisser irréductiblement, sa peau suintait toxines et morphine, elle s'apparentait à une marionnette désarticulée. Quelques divagations interrompaient de longues séquences de prostration ou de léthargie, les nuits étaient comptées. Les quelques sursauts de conscience auraient pu délivrer une humanité depuis toujours ensevelie, il n'en était rien.

Mais un matin, l'un de ses camarades du conservatoire de musique où elle enseignait sonna à la porte. Il était venu lui dire adieu. Dans la chambre de la mourante trônait son violoncelle. Il s'en saisit, s'assit dans le fauteuil en velours chamarré, coinça délicatement l'instrument entre ses cuisses, et joua. D'abord quelques notes, puis une *Romance* de Fauré et une *Suite* de Bach. Les mains de l'inconsciente commencèrent de frissonner, son corps frémissait, ses lèvres semblaient même esquisser un sourire. Des larmes suintèrent de ses yeux clos, lorsque le musicien interpréta des sonates de Schubert, en particulier *Auf dem Wasser zu singen*. Et quand il entama le second mouvement du *Concerto* de Dvořák, elles abondèrent, recouvrant le visage raviné par la souffrance et l'épuisement. Elles stationnèrent au creux des rides, comme pour indiquer qu'elles étaient en vie. Ces yeux desquels, depuis qu'il était enfant, le fils n'avait jamais perçu que l'aridité.

Ce moment, il l'assimila d'abord à une insolente provocation. Voir sa mère manifester pour la musique une émotion qu'elle lui avait toujours refusée lui était insoutenable. Puis il se ravisa, lorsque dans un effort ineffable elle arracha sa main du drap qui lui servait de linceul et la lui tendit. Chaque muscle, du coude aux doigts, tremblait, il ne sut distinguer ce qui, de la consomption et de l'amour, en était l'origine. Ses propres paupières s'humidifiaient. Il l'ignorait alors, mais sa mère venait d'ensemencer en lui sa vocation de luthier. Un jour, il réparerait l'instrument par lequel elle continuait de survivre dans la mort et lui apprenait qu'elle n'était pas seulement une ennemie. Il lui avait fallu attendre son extinction pour enfin léguer quelque chose à cet adolescent qu'elle n'avait jamais souhaité enfanter.

Les obsèques furent étranges. L'assistance était clairsemée, l'émotion anémique. C'est seulement lorsqu'une formation de chambre exécuta les premières notes de l'envoûtant *Concerto pour violon* de Schumann que les esprits s'animèrent et que les regards convergèrent vers le cercueil. Ils témoignaient que la dépouille était des leurs, parce que tous et elle étaient ligués dans le mystère et les vibrations de la partition.

Cette épreuve de la cérémonie funéraire puis celle de l'inhumation au cimetière provoquèrent chez l'héritier un spasme supplémentaire. À la tristesse d'enterrer le corps de sa mère, le souvenir de son père juxtaposa une affliction soudaine : on ne fait pas le deuil d'un corps mort qu'on ne visualise pas, qu'on ne caresse pas, sur lequel on ne peut pas poser ses lèvres et ses pleurs. Il découvrait que depuis sept ans il vivait avec cette mort incomplète, avec ce deuil inassouvi.

L'intérêt qu'il portait aux nécropoles avait germé dans l'humus où reposait sa mère et auquel son père n'avait pas eu droit. Les sépultures le fascinaient. Cela avait débuté lors d'un séjour étudiant à Boston. En sillonnant la ville par le célèbre Freedom Trail, la ligne rouge inscrite dans le sol qui relie les quartiers et monuments emblématiques, il avait découvert le cimetière de King's Chapel. Celui-ci jouxtait l'édifice cultuel de briques rouges ; les tombes, stèles et autres caveaux étaient disposés dans le désordre, les pierres s'étaient érodées depuis le temps, lointain, de leur installation – certaines au XVIIe siècle. Le contraste le bouleversa. Avait-on profané les corps devenus ossements, avait-on souillé les âmes, avait-on outragé la mémoire des défunts, en ceignant le carré d'un agrégat de bitume, de ciment et de métal, d'un amoncellement tapageur de gratte-ciels et de magasins, d'un dédale bruyant de trottoirs et de rues ? Au contraire, ces symboles de la modernité, ces symptômes de la contemporanéité, maintenaient-ils dans le vivant les corps, les âmes, les mémoires entombés pêle-mêle ? Il ne put répondre.

Depuis ce jour, son attention pour les cimetières demeurait aiguë et ne s'était jamais altérée. Ceux qu'il avait parcourus lors de voyages sur tous les continents occupaient, dans ses souvenirs, une place singulière, ils composaient une mosaïque émotionnelle, une poésie immarcescible. Il n'en maîtrisait pas véritablement la raison. Il en était certain : aucune hypnose malsaine, aucune attirance morbide pour ces corps morts, pour ces âmes peut-être mortes. Aucune dévotion religieuse, chez lui qui avait converti l'athéisme militant de ses parents en un agnosticisme plus tolérant. L'intrigue était esthétique. L'esthétique du beau, celle des contrastes. Dans les cimetières, la mort et la vie font harmonie, font sympathie. Aux corps pour toujours morts, l'environnement paysagé et végétal forme un cortège bienveillant de vies qui meurent et ressuscitent perpétuellement.

Au détour d'un virage, sans doute dans un comté reculé d'Irlande – il ne s'en souvenait pas avec précision –, avait surgi l'éparpillement anarchique de stèles juchées sur une colline arasée qui dominait l'océan, ce jour-là en colère. « On dirait que chaque occupant a choisi sa place et son orientation en fonction de la perspective qu'elles offrent, de l'inclinaison du soleil, de l'exposition aux embruns, de la proximité du voisin », avait-il pensé. Il demeurait, des années plus tard, ébloui par son pèlerinage sur les contreforts du mont Koya. Dans cette région japonaise du Kansai, sur un plateau auquel on accédait après de longues heures passées dans un petit train serpentant sur le flanc de pentes abruptes ou perforant la montagne, régnait une forêt maculée de cyprès gigantesques. La stature des troncs positionnait les branches et les feuillages haut dans le ciel, et donc assurait au soleil de pénétrer jusqu'au sol et de composer une danse de lumière et d'ombre. De part et d'autre d'un sentier conduisant au mausolée bouddhiste de Kukai, deux cent mille âmes reposaient dans des tombes disséminées entre les arbres. Jamais auparavant l'expression « silence de mort » n'avait semblé aussi opportune, elle s'était emparée de lui aux fins d'un recueillement qu'il avait éprouvé dans une transcendance inédite. D'un petit vallon de l'Aveyron, il se remémorait un parterre verdoyant, nivelé par des moutons, où étaient dispersées une trentaine de pierres tombales hébergeant les dépouilles des quelques familles qui s'étaient partagé le hameau. Au-dessus d'elles, comme une escorte protectrice, des ormes et des tilleuls majestueux, quelques autres espèces de feuillus écimés, et même un saule qui semblait vraiment pleurer, les enveloppaient et autorisaient, selon leur humeur, quelques rais cristallins de lumière à les nimber.

*

Son père, sa mère… Il estima que cette errance au bord de l'océan était propice à divulguer à Claire la *partie de lui* qu'il avait toujours pris soin de dissimuler. Elle était propice parce qu'elle l'apaisait : elle ralentissait les battements de son cœur qui si souvent frappaient sa poitrine, elle le mettait à distance de Claire et dans une proximité avec lui qui, pour une fois, ne l'effrayait pas. Elle était propice à dépasser et peut-être à faire pardonner la honte ou la lâcheté de s'être tu si longtemps alors que Claire n'avait rien camouflé de son propre martyre ; elle lui avait offert sans retenue sa confiance, il allait lui révéler avoir failli à la confiance qu'il lui devait. Cette flânerie, cette déambulation, était propice sans qu'il en saisisse véritablement les raisons. Mais après tout, songea-t-il, pourquoi faudrait-il toujours tout expliquer, et se soumettre à la tyrannie de la transparence et de la traçabilité, à l'obsession de tout maîtriser, anticiper ou justifier, qui sont devenues délirantes ?

Il traversait un bourg et s'arrêta dans une papeterie, il acheta un stylo à plume de belle facture et un papier à lettres épais, lui aussi de qualité. Il était impensable d'engager une relation épistolaire de médiocre tenue – elle aurait été indigne, jugea-t-il, de la gravité des informations qu'il allait dévoiler. Puis il passa en revue plusieurs cafés dressés en enfilade sur le port, et en choisit un doté d'une discrète alcôve, là où personne ne se hasarderait parce qu'il faisait sombre. Attablé, il commanda un thé, et débuta la rédaction.

Claire,

Faut-il que je sois loin de toi et si près de moi pour écrire ce que tu vas découvrir. Ne me juge pas, ne me condamne pas pour t'avoir masqué cette même indicible intimité à laquelle, par amour ou simplement confiance, de ton côté tu m'as donné accès lorsque tu m'as appris l'existence de Sébastien.

Je ne vais pas me perdre et perdre ton attention dans des circonlocutions dilatoires, j'en viens donc au fait. Je veux te révéler mon origine, car elle est aussi celle de nos enfants, et toi comme eux comprendrez peut-être mieux ce que j'ai été, et aussi ce que je n'ai pas pu être. Mon propos sera abrupt, l'impression qu'il te donnera sera violente, mais accueille-le sans colère ni sentence. À mon retour, nous pourrons en discuter toi et moi, puis tous les six.

Mes parents, tu le sais, étaient militants communistes. Ils s'étaient rencontrés à la section locale du Parti, qui jouxtait le Conservatoire national supérieur de musique de Paris ; papa y exerçait son premier emploi dans les services administratifs, ma mère se préparait à devenir professeure de violoncelle. Puis papa devint diplomate, affecté aux affaires culturelles dans des ambassades qu'il avait eu la chance de choisir : La Havane, Washington, Vienne notamment. Et puis Bucarest.

Ils n'avaient pas d'enfants. Ils n'en voulaient pas. Leur idéal internationaliste, leur idéal politique, n'était pas, à leurs yeux, compatible avec une vie de famille. Eux qui étaient athées s'amusaient à comparer leur sacerdoce à celui des prêtres catholiques qui, pour se donner tout entiers à Dieu et à la mission d'évangéliser, ne s'autorisent ni mariage ni paternité.

La Roumanie était d'une grande pauvreté. Comme dans toute dictature, et celle de l'idéal prolétaire n'y dérogeait pas, régnait une échelle des inégalités considérable. La nomenklatura était gavée, la majorité du peuple était tenue dans des conditions matérielles très sommaires, mais qui n'étaient pas indignes et qui étaient amorties par les dispositifs sociaux, une dernière partie vivait dans l'indigence. Mes parents étaient, je crois, aveuglés par l'intelligentsia de privilégiés à laquelle leur statut les intégrait.

Les populations miséreuses confinées loin de Bucarest, dans les montagnes des Carpates ou vers la frontière hongroise, n'avaient parfois pas d'autre choix que d'abandonner les enfants à la naissance.

Dans ces conditions d'extrême pauvreté, la sélection naturelle était implacable : les plus robustes de ces enfants étaient « conservés », et les autres étaient confiés, dans le meilleur des cas, à des orphelinats d'État. C'était une manne pour le régime ; les enfants étaient facilement endoctrinés, ils étaient malléables et disciplinés, ils vouaient une dévotion à l'État qui les nourrissait, les habillait, les éduquait gracieusement. Tous, garçons comme filles, étaient destinés à grossir les rangs de l'armée et de la police.

J'étais l'un de ces sans mère et sans père, sans origine, sans identité, sans raison d'être ni de vivre.

À la fin de cette phrase, il s'interrompit. C'était à son tour d'être anéanti par sa propre écriture. Il visualisait la sensation d'écroulement qui allait submerger Claire à la lecture de ces lignes. Cette déflagration prendrait la forme, au fond d'elle, d'un mélange, inextricable, de tristesse inconsolable pour ce qu'il avait subi et de fureur incommensurable contre ce qu'il lui avait dissimulé. Pourquoi avait-il cadenassé ce passé, pourquoi s'était-il ainsi mutilé, s'interdisant le droit d'être écouté, accompagné, compris par celle qu'il avait choisi d'aimer ?

Il en était certain, la sidération allait atteindre une ampleur insoutenable chez Claire. Il la supposait en larmes, pétrifiée ou convulsive, étouffant ou tremblant. Il poursuivit.

Cette révélation, je la tiens d'une tante, aujourd'hui disparue, qui me la confessa lors des funérailles de ma mère.

Mais je n'eus pas la chance de figurer dans ce « meilleur des cas ». Abandonné, semble-t-il, au bord d'un chemin, je fus recueilli dans un orphelinat clandestin comme il en existait beaucoup et sur lesquels le régime fermait les yeux. Les « clients » de ces structures opaques étaient des apparatchiks à qui il était « vivement recommandé » d'adopter. Parfois, ils étaient des étrangers proches du pouvoir, en quête d'un enfant soit par désir, soit pour plaire aux caciques, soit pour participer à l'« œuvre collective » qu'était la chimère communiste. C'est sans doute pour ces deux dernières raisons que mes parents me « commandèrent ». Je leur fus livré comme aujourd'hui un service à domicile. Ainsi, ils s'étaient épargné de découvrir les conditions dans lesquelles j'avais passé les quatre premières années de mon existence.

De cette toute petite enfance, je n'ai que des fragments, très confus, de souvenirs. Les ai-je enterrés sciemment, se sont-ils tapis en moi, à mon insu, pour me protéger ? Je ne connais pas la réponse. D'ailleurs, il n'y en a sans doute pas une seule, mais plusieurs.

En novembre dernier, je ne sais pas si tu te souviens, j'effectuais un déplacement à Bucarest. C'était la première fois que je revenais en Roumanie depuis la mort de mon père. Une fois arrivé, et contrairement aux prédictions précédant ma venue, je n'éprouvai pas d'émotion particulière. Je devais passer trois jours au chevet des violons de l'Orchestre philharmonique George-Enescu, avant que ne débute le festival éponyme. Mes commanditaires m'avaient réservé un accueil digne d'un grand soliste ; un taxi me déposa au mythique Athénée Palace, et le soir, le premier violon, Alexandru Cioran, vint me chercher et m'emmena chez une table renommée, pour un dîner auquel il avait convié quelques cadres de son aréopage. Ma réputation d'épicurien m'avait précédé, et de beaux gibiers agrémentés de savoureux tokays hongrois et cotnaris locaux furent servis. Dès le lendemain matin, le rythme de travail s'avéra soutenu, mais le soin, rigoureux, que les musiciens de cette formation émérite apportaient à leurs instruments me permit de conclure ma mission plus tôt que je ne l'avais prévu. Je pouvais profiter d'un plein après-midi avant de m'envoler le soir pour Paris.

Ce répit, je décidai subitement, sans aucune préméditation, de le dédier à la consultation d'archives nationales, rendues publiques après l'exécution des époux Ceausescu et l'éradication de la tyrannie soviétique. Peut-être y trouverais-je quelques indices sur mon origine. Il m'a, depuis, toujours été impossible de saisir d'où et pourquoi était survenue cette démarche insensée.

Je me rendis dans le répugnant Palais du Parlement, cet édifice extravagant que le despote avait fait ériger à sa propre gloire. Après avoir sillonné un dédale de couloirs et un écheveau de services, j'atteignis enfin mon objectif.

Jamais je ne pourrai oublier cette salle. Un gardien septuagénaire engoncé dans un uniforme miteux était assoupi sur un tabouret branlant. D'immenses tables, d'impressionnantes bibliothèques, de profonds rayons abritaient des dizaines de milliers de documents, rangés selon un ordre incompréhensible. Il exhalait de ce lieu sans visiteur, sans vie, une puanteur macabre, que retenait un mobilier délabré, inchangé depuis l'édification du bâtiment. Les murs, les chaises, le sol, avaient adopté une couleur havane cafardeuse. Je sortis le gardien de son sommeil, il m'indiqua la procédure à suivre. Ni véritablement excité ni seulement impatient, mais plutôt curieux, je me plongeai dans les premières archives et débutai mon investigation.

Quatre heures plus tard, mon impassible sérénité s'était désagrégée. Je prenais connaissance, dans les détails, de ce qu'avait été mon martyre.

En effet, fidèle à l'obsession de surveiller, de contrôler et de tracer, le régime avait tout consigné, et les descriptions – sommairement écrites, cohérentes avec ma maîtrise de la langue – recensées dans ce registre étaient édifiantes. Elles avaient aussi un pouvoir d'exhumation, elles ranimaient une mémoire qui jusqu'alors avait parfaitement accompli son travail de deuil et d'enfouissement. Je lisais et relisais les documents, les notes, et plus je progressais dans la narration et répétais la lecture, mieux je visionnais ce qu'avait été mon châtiment. Les briques semblaient se former une à une et s'enchâsser avec évidence, elles remplissaient les innombrables espaces vides de mes souvenirs – sans pour autant les révéler explicitement. Je ressentais toutefois qu'il manquait « quelque chose ». Quoi ? Je l'ignorais, mais l'impression était irrépressible.

Il cessa d'écrire. Il était comme dévoré par l'émotion qui devait dévorer le corps de Claire. Il rangea les feuilles, coiffa le stylo de son capuchon argent, régla la note, et reprit son excursion.

*

Le crépuscule s'annonçait, plus vite qu'il ne l'avait envisagé. La faute incombait aux lourds nuages qui, pendant toute la journée, avaient fait obstruction aux tentatives d'éclaircie du soleil. Il s'écarta du chemin côtier, franchit une succession de dunes, et s'engouffra dans un village que très vite il jugea charmant. Les façades des maisons, parfaitement alignées, avaient été restaurées, les fenêtres laissaient deviner, dans la perspective, de coquets jardins, les balcons étaient encore fleuris, les ruelles étroites formaient un entrelacement cocasse.

Il était tôt, mais déjà les terrasses des cafés et des restaurants grondaient des rires ou des vociférations exaltés par l'alcool. Il prit place à l'une d'elles. Il l'avait choisie parce qu'elle était un peu en retrait du port et moins encombrée que les autres. Il commanda une bouteille d'un modeste domaine bordelais, un cru bourgeois quelconque mais dont il se contenta sans peine. Suivirent un carpaccio de Saint-Jacques et un bar en croûte de sel. De son sac, il sortit un ouvrage. Ce roman, avant même d'en connaître l'épilogue, l'étreignait sauvagement. Avant de partir, il en avait offert un exemplaire à de proches amis. Il aimait faire partager à ceux qu'il aimait les livres qu'il aimait. C'était aussi une manière subliminaire de leur donner une prise sur ce qu'il était intrinsèquement, mais qu'il murait avec obstination derrière l'épaisse cloison de la pudeur et de l'orgueil.

Il progressait dans la lecture à un rythme de plus en plus lent. Il temporisait, car il lui était insupportable de voir s'achever un chef-d'œuvre. C'était un roman politique, d'un auteur russe contemporain de Tolstoï, et il lui apparaissait que l'auscultation sociale, culturelle et scientifique de cette époque faisait écho aux tourments qu'il éprouvait un siècle plus tard. Son interprétation de cette histoire romanesque – presque un conte – élucida, de manière d'abord parcellaire puis spectaculaire, quelques mobiles de son dessèchement, du pillage qu'il sentait subir dans tout son être. Il se fit servir un second flacon, cette fois d'une belle propriété de Châteauneuf-du-Pape. L'excellence du vin devait mirer la poésie des mots.

Quelques heures plus tard, les noctambules prirent possession des lieux. Un autre jour débutait, celui de la nuit.

La nuit avait depuis toujours fait office de baromètre de son humeur. Lorsque la mélancolie enténébrait les parois de son vide, la nuit était spectrale, sépulcrale. Il se couchait avant même qu'elle ne s'impose au jour, doublait la dose de somnifère, parfois tremblait ou transpirait avant de tomber dans le coma. Le matin, hagard, épuisé, il avalait plusieurs cafés, allumait chaque cigarette au mégot incandescent de la précédente, rejoignait l'atelier, et s'enfermait dans son bureau.

Personne n'était autorisé à accéder à son antre. Pas même les compagnons qui formaient son équipage et attendaient, des heures durant, qu'il se soit libéré de ses démons.

Quand la mélancolie était suffisamment loin de son vide, la nuit était, au contraire, délivrance, exutoire, il y exorcisait ses affres. Chaque nuit consumée dans l'ivresse ou la lecture, le travail ou les agapes, était comme une petite conquête qu'il renouvelait sans interruption jusqu'à l'éreintement. « Un jour de gagné sur la mort », se contentait-il. Cet état d'exténuation, il le redoutait, et au prix de périlleuses acrobaties s'employait à le repousser sans retenue, car il indiquait que la mélancolie rôdait de nouveau et allait le poignarder de ses sortilèges.

La mélancolie était une compagne qu'il ne parvenait plus à éloigner lorsqu'il le fallait, qu'il ne savait plus appeler quand elle se serait révélée précieuse. Elle est comme une entité vivante, il faut savoir la considérer, la respecter, la valoriser, pour qu'elle soit à l'écoute des besoins qu'on lui exprime. Elle livre alors ses trésors. Quand elle se sent négligée, effrayante ou ostracisée, elle enfouit ces trésors et libère ses maléfices. À force de la malmener, il l'avait dissuadée d'apparaître lorsqu'il l'espérait, elle l'envahissait quand il devait la fuir ou était seulement impréparé.

De cette nuit-là, des bars donnant sur le port qu'il avait fréquentés, des rencontres, des disputes et des confessions qui l'avaient impliqué, il ne conserva aucun souvenir. Il avait dormi dans un hôtel miteux, où des complices de noce l'avaient déposé. Quand le lendemain il émergea de sa narcose, il était dix-sept heures. Le soleil était dissimulé derrière une brume qui se dissipait, la nuit s'apprêtait à entrer dans la danse, la lune, ronde, allait défier l'obscurité et blanchir la corniche qui s'étirait sur la côte. Il choisit ce moment pour reprendre son pèlerinage, qui devenait, sans qu'il le perçoive alors, initiatique. Il alignait ses pas dans ceux de Siddhartha ou de Knulp, ces personnages magnifiés par Hesse.

Il rejoignit le cours du sentier qu'il avait délaissé la veille, et poursuivit l'itinéraire à flanc de falaise. Bien sûr, il était absolument seul, aucun marcheur n'aurait eu l'intention saugrenue d'arpenter à cette heure un paysage dont la beauté se révèle au jour. Il avait anticipé, au contraire, que la lumière et le silence de la nuit enlumineraient le décor, et même pourraient éclaircir son inspiration. Il avait vu juste.

Le vent était soutenu, qui l'obligeait, à l'instar des rares arbustes qui désobéissaient aux lois de la nature et enduraient les circonstances, à ployer. Dans un va-et-vient incessant, il se courbait et se redressait, il s'inclinait et se cabrait. Comme la parabole des mouvements qui rythmaient son existence. Le chemin prenait la forme d'un pèlerinage, d'un rite hiératique. Sans prêtre pour absoudre, mais nanti des attributs qui « délivrent du mal ». Le chemin s'apparentait aussi à un tribunal, il y éprouvait le sentiment, jubilatoire, du prévenu sûr d'être acquitté. Car, oui, les coupables de son évidage ne pouvaient rester camouflés, ils ne résistaient pas à la magie miraculeuse du contexte, leurs silhouettes se révélaient comme une évidence au fur et à mesure de sa progression dans ce somptueux théâtre vivant. Ils étaient démasqués.

Cette déambulation initiatique devenait politique. Il avait besoin de voir clair sur ce qu'il était, à une époque qu'il jugeait opaque et dans un maquis qu'il pensait indémêlable.

Cette époque était celle, néototalitaire, du suffixe « -isme », et de ses déclinaisons infinies. Il retenait en premier lieu le technologisme, l'économisme, le scientisme, l'anthropocentrisme, par la faute desquels l'humanité agonisait de son arrogance et de sa vanité. Elle se croyait invulnérable, elle pensait dompter ou réparer chaque dégât de sa démence, elle avait détourné le progrès scientifique et technique de sa destination, le Progrès humain. À ce progrès technique participaient les déclinaisons marchandes des neurosciences, l'instrumentalisation avide de l'intelligence artificielle, qui formataient, standardisaient, uniformisaient les offres, et donc les consciences des demandeurs. La dictature des algorithmes promettait la dissolution du sens critique et du discernement ; la dictature de l'hygiénisme, du puritanisme, du raisonnable, bâillonnait ceux qui pensaient différemment de l'agora. Il en était sûr, ces formes déguisées et soutenables de fascisme avaient commencé de séquestrer la liberté dans un cachot d'où personne ne s'évade.

La valeur de chaque individu était corrélée à l'épaisseur de son portefeuille ou à l'étendue de son pouvoir, toute relation était compétition, hiérarchie, adversité, compartimentation. L'anomie administrait. La gratuité et la générosité vraies, celles, désintéressées, qui ne sont pas réversibilité mais réciprocité, avaient disparu du vocabulaire. Il lui semblait qu'on n'aimait plus pour aimer, mais pour être aimé. La notion de bien commun devenait obsolète. Tout objet, toute valeur, était, d'ailleurs, marchand. La forêt, l'océan, le désert, l'air, n'étaient plus considérés comme des territoires souverains et des sanctuaires du beau, ils étaient dorénavant un *capital* et une *ressource* au service des caprices humains. D'ailleurs, même l'humain avait accepté d'être vassalisé aux deux items. La rhétorique hégémonique ne glorifiait-elle pas le *capital humain* et les *ressources humaines* ?

Le lexique dominant célébrait la victoire, le succès, la réussite, cultivés dans la conquête et l'asservissement d'autrui. La planète était organisée en systèmes d'aliénations et de subordinations, des inégalités insupportables étaient orchestrées selon une féodalité inexpugnable. L'extrême indigence avait reculé, mais des populations et des territoires se paupérisaient, et l'abîme des injustices se creusait implacablement. La cupidité et le mercantilisme avaient intoxiqué chaque recoin de l'économie, ils avaient empoisonné les relations entre les hommes, et le consumérisme triomphait. Chaque individu semblait vivre reclus derrière sa clôture, et avoir pour obsession de grignoter un peu l'enclos du voisin et d'allonger le périmètre de son pourpris. Ce monde-là, qui encensait les vainqueurs, était hostile à la fragilité. Il fabriquait d'innombrables vulnérabilités et punissait ceux qui y succombaient, il répandait partout des pièges et marginalisait ou moquait ceux qui trébuchaient. Les crispations étaient partout, le malêtre était partout, personne, pas même les jeunes, n'était épargné.

À l'atelier, cette dégradation de la santé psychique et des relations humaines était palpable. Son propre comportement n'y était pas étranger, il ne s'en cachait pas. Mais le principal venin venait d'ailleurs. Il observait ses collaborateurs, taciturnes, inquiets, renfermés. Au fil du temps, leur spontanéité et leur enthousiasme s'étaient corrodés. Même leur noble métier était en péril. La gloutonnerie, insatiable, le culte, ridicule, pour l'innovation, les doctrines de la rentabilité et de la massification, les pouvoirs mystificateurs du marketing, avaient produit une offre révolutionnaire d'instruments à cordes. La tête, le manche et le corps des violons, des violoncelles et des contrebasses étaient désormais composés de matériaux artificiels et synthétiques, et les « parts de marché » conquises par les fabricants asiatiques menaçaient à terme le métier d'artisan luthier. Et de toute façon, il n'y avait qu'à se rendre aux concerts de musique classique : le public était celui d'une « maison de retraite », fulminait-il. D'ailleurs, poursuivait-il, ce qui caractérisait l'apprentissage d'un instrument était désuet, décalé par rapport aux nouveaux particularismes comportementaux. Apprendre convoque la patience, la persévérance, l'abnégation, l'introspection, la discipline, et même l'encombrement physique de l'objet; comment ces « contraintes » pouvaient-elles rivaliser avec les pouvoirs abêtissants, instantanés, compulsifs, d'un jeu vidéo contenu dans un téléphone portable?

Ces relations entre les hommes, les nouvelles technologies de communication les transformaient à une vitesse et dans une direction insensées. Comme il le lisait dans la presse spécialisée, les experts n'avaient-ils pas démontré qu'au capitalisme industriel s'était substitué le capitalisme numérique, toujours plus financier, toujours plus inégalitaire, et annonciateur d'un « capitalisme de surveillance » que George Orwell avait prophétisé au lendemain de la Seconde Guerre mondiale ? L'humanité convulsait, car la hâte étourdissait, le matérialisme corrompait, l'hystérie et les antagonismes gangrénaient, le narcissisme et la vacuité inoculaient les consciences, même les plus instruites. Le bruit avait étouffé la poésie, les connaissances avaient sabordé l'intelligence, faire humanité devenait chimère. Ainsi était la civilisation.

Et celle-ci était engagée dans une nouvelle croisade, ou plutôt un assassinat inédit, qui succédait aux atrocités du XXe siècle – les dictatures militaires en Amérique latine, dans l'Europe du Sud, en Chine ou dans l'Empire soviétique, les despotismes en Afrique, les génocides ou ethnocides perpétrés par les Turcs, les nazis, Staline, les Khmers rouges, les Hutus, ou encore l'éradication des habitants d'Hiroshima et de Nagasaki que lui avait révélée le bouleversant *Fleurs d'été*, de Tamiki Hara. Cet assassinat était un écocide, un zoocide, un massacre exécuté sur l'ensemble des espèces vivantes *autres* que celle qui les exterminait avec méthode et impunité. *Autres ?* C'était bien sûr un leurre. L'espèce humaine organisait son suicide.

*

Devait-il alors s'étonner que son âme fanât ?

Cette marche nocturne, d'une lumière et d'un mystère que le romantique allemand Caspar David Friedrich aurait sublimés, amplifiait son dégoût pour ce monde qui se décharnait, cette civilisation qui se disloquait. Ce dégoût du modèle néolibéral qui régentait le monde et qui avait infesté l'humanité avait été fécondé dans l'atavisme parental, mais il lui avait donné une consistance intime à partir des écrits qu'il avait lus, des débats auxquels il avait assisté ou participé dès l'adolescence, à l'école puis à l'université. Ils s'étaient révélés essentiels pour mieux connaître son père, ça avait été là sa première motivation. Plus tard, ils seraient utiles pour pardonner à sa mère. Que restait-il aujourd'hui de cette conscience politique ?

Plus grand-chose. Oh, elle demeurait réelle, endiablée, parfois même brûlante. Rien ne la frelatait ou l'émoussait, comme l'attestaient ses vociférations lors de soirées avinées. Mais quelle est la valeur d'une conscience lorsqu'elle s'incline devant l'écueil, lorsqu'elle contourne l'épreuve, lorsqu'elle s'éclipse quand elle est attendue ? Sa radiographie du monde et son autopsie de l'humanité révélaient que cette conscience était éclairée. L'incapacité, au quotidien, d'aligner ses actes sur ce substrat l'accablait. Il *faisait* ce qu'il *réprimandait*, il lui arrivait de considérer ceux qu'il semonçait, ou d'épargner ceux qu'il morigénait, il échouait à se corriger dans une époque qu'il savait et disait tragique. Sa lâcheté, sa paresse, participaient à condamner l'avenir de ses propres enfants, il était un soldat docile et veule dans l'armée génocidaire qui dressait les plans dystopiques des destins de Sarah, de Léa, de Paul, d'Étienne, et de tous les enfants. Sa résistance, il ne l'accomplissait que par le *dire*, jamais ou presque par le *faire*. Ce constat, auquel il ne pouvait rien opposer, envenimait son mal-être.

L'aube amorçait son lever. Il avait marché sans s'interrompre, comme galvanisé par l'effusion de ses pensées. Il s'arrêta, rejoignit un promontoire qui formait une avancée sur l'océan, et s'assit sur une dalle de pierre. Il faisait froid, mais il avait chaud. De son sac, il sortit quelques biscuits et une gourde, et but. À l'aplomb, l'eau se retirait lentement de la rive. Le crachin avait nettoyé l'horizon des scories, un bruissement mélodieux nappait la perspective, le panorama était d'une pureté qu'il n'avait pas encore appréciée depuis le début de son périple, et cette pureté exerçait sur lui l'effet d'un miroir.

S'il était lui-même monstre, c'est parce que le monde était monstre. Il se sentait sans empathie, sans fraternité, sans avenir, parce que l'engrais de l'époque décourageait l'empathie, appauvrissait les fraternités, obscurcissait l'avenir. Il était sans visage parce que le monde était défiguré. Comment être humain dans une humanité déshumanisée ?

Il peinait à se reconnaître, il avait l'impression de se connaître de moins en moins. Cette dégradation intérieure, cette décomposition endogène, le dégoûtaient de lui-même. Lui, le libertaire, l'anarchiste, se surprenait à des réactions conservatrices que lui dictait ce monde monstre et qu'il avait toujours honnies. Il lui arrivait de réprimer l'extravagant, le désobéissant, le subversif, parce que le monde monstre rejetait la singularité et l'avait contaminé.

L'estime qu'il avait de lui s'était délitée. Il était devenu étranger à lui-même, un étranger pour lui-même. Cette perception était apparue assez brutalement, quelques mois plus tôt. Il avait redouté la survenue d'une dépression, et même d'une forme de schizophrénie, et était allé consulter un spécialiste. Le diagnostic l'avait rassuré sur le plan médical. Mais en écartant la cause bipolaire, il se retrouvait plus encore dans la culpabilité. C'est alors que la mésestime l'enkysta, se superposant à la honte.

Honte et courage sont des items indissociables, l'évaluation du premier prend appui sur l'ampleur du second. Il n'était pas un homme courageux. Il n'était pas non plus un pleutre. Jamais il ne s'était comporté en héros, mais rarement non plus en félon, en traître. Il connaissait l'art de l'esquive, il se déplaçait dans cet entre-deux aux extrémités duquel se font face la couardise et la bravoure, dans cette zone, confortable, de l'indétermination, où finalement on n'est ni anathématisé ni encensé. Une interrogation le hantait toutefois ; quel comportement aurait-il adopté pendant l'Occupation ? Ni collaborateur ni résistant, c'était une certitude. Mais il n'y avait pas de « juste milieu » lorsqu'il fallait décider de dénoncer un voisin juif pour sauvegarder ses biens, lorsqu'il fallait recourir au marché noir pour améliorer son quotidien, lorsqu'il fallait renoncer à porter une aide modeste à des innocents persécutés par peur de s'exposer. Il aurait été dans le camp médian, celui des indécisions permanentes et des actes remarquables ou méprisables retenus sous la ligne de flottaison, là où on est protégé de toutes représailles. Il aurait été un fantassin de la médiocrité.

Comment le frère de son grand-père l'aurait-il jugé, lui que la République avait élevé au rang de grand officier de la Légion d'honneur pour son engagement résistant ? Lors de cette cérémonie à laquelle, enfant, il avait assisté dans les salons de l'Élysée, l'émotion et la fierté n'avaient-elles pas déclenché une effusion de larmes, qu'il avait abritée dans les bras de son père ? Médiocre, c'est sans doute ainsi que le héros de la famille l'aurait sentencié. Médiocre, c'est exactement ainsi qu'il se considérait désormais, et cette médiocrité répugnante avait sécrété, en lui, le vide. Comment s'étonner alors des fugues, peut-être amoureuses, de Claire, de l'indifférence de Léa et de Paul, de l'aversion d'Étienne, du mutisme de ses amis ?

La géhenne était indicible, son âme était enflammée. Recroquevillé à même le sol, arc-bouté et formant à la fois une boule compacte et une carapace, il vomissait. Il se purgeait, il expulsait la bile de son corps, chaque dégorgement semblait le laver.

Ce promontoire était providentiel. Le soleil perçait péniblement à travers la brume, la lumière était pâle, la perspective était nébuleuse, mais pour la première fois depuis longtemps il lui apparaissait qu'il allait se sentir, être *bien.* L'impression était celle d'une délivrance. D'avoir nommé le vide remplissait le vide.

Il se surprit à libérer un cri puissant de ses poumons goudronnés, un cri expiatoire, un cri rédempteur, un cri de résilience, un cri de jouissance.

Il se releva, vêtit son corps transi du manteau de laine qu'il avait disposé sur la dalle de pierre pour se protéger de l'humidité, et reprit sa marche. Il ne sentait ni la fatigue ni le froid, la sinuosité et l'enchevêtrement soudain du sentier qui se dérobait sous ses pieds ne le ralentissaient pas, sa prochaine halte était en vue. Après le dénuement et l'inconfort de l'étape précédente, celle-ci devait être grandiose. Il la voulait ainsi pour célébrer la renaissance qu'il sentait poindre depuis l'irruption de cette délivrance.

La propriété qui allait lui servir de gîte découvrait sa somptuosité au fur et à mesure qu'il approchait d'elle. Le domaine était enceint d'un mur bas de pierres restaurées, derrière lequel, à la faveur d'une végétation foisonnante et d'arbres séculaires entretenus avec soin, il pouvait deviner un parc majestueux. L'édifice, sans doute du XVIIIe siècle, intercalait des blocs de granit blanc entre les poutres sombres qui charpentaient les parois. À l'intérieur était cultivée une atmosphère surannée mais chaleureuse, à laquelle le choix d'un mobilier hétéroclite, anachronique, contribuait fortement. Une boiserie monumentale veinait les murs, sur lesquels semblait comme s'agripper un encombrement anarchique de tableaux, de gravures, d'esquisses, de curiosités de tous âges et de toutes valeurs. L'établissement ne dénombrait qu'une dizaine de chambres, il choisit la plus vaste et luxueuse, la seule équipée d'un grand balcon, à sa gauche ouvrant sur la plage, à sa droite découpant les contreforts d'une falaise qui s'étirait au loin de manière vertigineuse.

Il était treize heures. Il fallait fêter la résurrection, elle prendrait la forme d'un homard grillé et d'un château pavie. Le restaurant était singulier, car aucune table individuelle n'y était disposée. Un seul et long comptoir occupait la terrasse, de chaque côté duquel étaient alignées des chaises. Les convives faisaient le choix de se regrouper ou au contraire de s'isoler. Le moment libérateur était propice à partager, et c'est ce qu'il fit avec emphase. Que ses voisins fussent férus de musique alimentait son débit de paroles, son flot d'anecdotes, et l'intérêt qu'ils lui portaient. Sa joie de parler n'occultait pas son plaisir d'écouter. Il se sentait enfin considéré, la mésestime, la poltronnerie, l'opprobre s'étaient volatilisés.

De retour dans sa chambre, il s'assit, et prit le temps de se poster devant le grand miroir scellé au mur. Au début, ses yeux fuyaient la glace, ils étaient dans l'évitement et préféraient lorgner l'horizon de la plage. Puis son œil droit fit une incursion vers le miroir, pendant que celui de gauche restait fixé sur les rares intrépides bravant l'eau hostile. Enfin, de longues minutes plus tard, à la dissymétrie succéda la confluence.

À quand remontait l'épreuve de soutenir ainsi son regard ? Il n'en avait pas le souvenir. C'était il y a si longtemps. Son visage avait bien changé. Plus que le temps, les excès et la mélancolie avaient labouré la peau, ils avaient scarifié la peau, la peau était un entrelacs d'entailles qui indiquaient les coups reçus et les coups portés. La commissure des lèvres était, étonnamment, épargnée, comme si elle avait été préservée par l'absence de baisers. Les rides du front, celles des joues et celles du cou étaient si profondes que leur sarabande semblait communiquer avec ses entrailles. *Les yeux étaient usés.* Que pouvait donc signifier l'expression ? Il n'avait pas de mot pour l'illustrer, mais elle n'était pas contestable. La prolifération de ridules les avait engloutis. L'iris s'était, au fil du temps, assombri, il avait épousé l'étiolement de l'humeur et l'irréfrénable affaissement du corps. Au vert amande de ses belles années s'étaient substitués un vert sapin terne puis un vert Véronèse blême. Ses yeux étaient éteints. Des cernes épais, ou plutôt une adjonction de poches fluctuant du grenat au violacé, empourpraient le haut des joues, et contribuaient à émacier le visage. Ce visage autrefois si beau et qui avait séduit Claire, comment l'avait-il laissé se délabrer ainsi ?

Le visage était abîmé, son regard était démoli, mais pour la première fois il parvenait à le soutenir. Et au fil des minutes où il réussissait dans son entreprise, la densité de son regard, qui avait sculpté, autrefois, la beauté de son visage, semblait renaître.

L'impression de délivrance qui l'avait submergé lorsque sur le promontoire il s'était désempli, le dessillait, elle ouvrait une nouvelle étape, celle de l'apaisement. Les tortures qui depuis tant d'années le déchiraient, s'ensommeillaient soudainement. Était-ce une simple parenthèse, un sursis furtif? Le tremblement qu'il éprouvait partout en lui annonçait plutôt, espérait-il, une transformation durable. Il se coucha dans un état d'épuisement absolu, semblable à celui qu'il discernait chez les adeptes des rites vaudous une fois la transe finie.

Le lendemain matin fut un moment de béatitude. Les vampires, l'effroi, qui généralement l'escortaient dès le réveil, n'étaient pas apparus. Le temps s'égrenait, qui ne laissait poindre aucun fantôme. Il alluma une cigarette, enfila un peignoir, se posa au balcon les mains tendues sur la balustrade, tel un phénix. Le soleil était déjà haut dans le ciel, il resplendissait. Pas un nuage ne s'était autorisé à l'encombrer, pas une brume ne le tamisait. Cormorans et mouettes saupoudraient l'horizon d'un pointillisme noir et blanc, et quelques goélands argentés se joignaient à la danse.

Il décida de reprendre le cours de la missive qu'il destinait à Claire. Il orienta la table en direction de l'infini. Le moment semblait venu d'entrer dans les détails de son calvaire, d'explorer ce « quelque chose » qu'il avait identifié comme un manque et sur lequel il avait suspendu son écriture.

Dans le registre d'État que j'avais consulté figuraient l'adresse de ma séquestration – c'est ainsi que je l'ai toujours nommée au fond de moi – et un nom de famille.

Trois mois plus tard, j'arguai une sollicitation professionnelle et me rendis de nouveau à Bucarest. Cette fois, je n'aspirais ni au luxe ni au festin, et je choisis une modeste auberge dans le quartier pittoresque du Petit Paris. Je ne sortis pas de ma chambre, me fis servir un repas assez frugal, et m'assoupis très vite. J'étais exténué par le voyage, et surtout par la charge émotionnelle grandissante, que je percevais à la fois comme hybride et incontrôlable, euphorisante et pétrifiante. Le lendemain, je louai une voiture et entamai ma traversée du pays jusqu'au nord, près de la ville de Baia Mare, tristement célèbre pour la catastrophe minière qui, au début des années 2000, avait dévasté la biodiversité locale. Ce long périple, je décidai de l'accomplir sans impatience, préférant à la logique autoroutière les chemins de traverse, découvrant de majestueux panoramas et visitant d'ineffables monastères disséminés le long de la Transfăgărașan. Une fois parvenu dans la région du Maramureș, subdivisée en belles vallées aux doux noms de Mara, de Cosău, d'Iza et de Tisza, je ne manquai pas de baguenauder dans l'épique « Cimetière joyeux » et de me recueillir aux mémoriaux honorant les victimes de l'Holocauste et celles du communisme. À chaque étape de cette expédition, je sentais tour à tour l'excitation enfler et se replier, l'appréhension me galvaniser et me tétaniser, mais je devais cesser d'éluder, ma sinueuse duplicité n'était plus soutenable : ces circonvolutions touristiques me maintenaient confortablement à distance de ce que je devais désormais, dans le pire des inconforts, affronter.

Arrivé dans une banlieue de cette sinistre commune de Baia Mare, je me rendis à l'adresse. La maison était cossue mais délabrée, et de la rue je devinai un intérieur entretenu mais d'une infinie tristesse. Collé sur la boîte aux lettres s'affichait « le » nom recherché. Celui de mes bourreaux.

Je refluai, je m'éloignai de ce qui avait été mon tombeau, et m'assis sur un muret, dressé de l'autre côté de l'avenue. Je fumais cigarette sur cigarette, je décortiquais chaque pierre de la façade, chaque arbre du jardin en jachère, j'essayais d'imaginer ce qu'il y avait aujourd'hui à l'intérieur de cette maison, j'espérais savoir ce qu'il y avait eu, quarante ans plus tôt, à l'intérieur de ce cachot. D'un souffle, je me levai, franchis la route, et sans rien freiner de mes gestes, appuyai sur la sonnette.

Un homme ouvrit la porte. Je me présentai brièvement, expliquai l'objet de ma venue. Sa réaction ne fut pas celle que je redoutais. Il me sourit, déclina son prénom – Cristian –, me fit entrer dans le vestibule, et m'invita à le suivre dans le salon. Le temps semblait s'être figé depuis au moins trois décennies, le mobilier sommaire, les luminaires blafards, le sol écaillé, les couches de tapisseries maladroitement superposées, le vaisselier massif et même le téléviseur étaient d'une vétusté anachronique. L'homme, adipeux, était vêtu d'un uniforme d'ouvrier. Il m'offrit une tasse de thé. Je détaillai les raisons de ma démarche. Il était taiseux mais affable. Mon roumain était approximatif, il fit l'effort de m'écouter attentivement, puis m'interrompit. C'était à son tour de parler.

Il n'avait jamais quitté cette maison ni son emploi à la manufacture de pneus locale, il n'avait construit ni couple ni foyer. Ses parents étaient morts une quinzaine d'années auparavant. Lui-même avait onze ans lorsque je leur fus confié, il se souvenait de moi car ma corpulence chétive et mon indiscipline permanente tranchaient avec celles des autres enfants hébergés comme moi. Et puis j'étais celui qui était resté le plus longtemps, avant de migrer vers les bras de « généreuses » âmes françaises.

Soudain, pendant qu'il discourait, j'entendis des pas dévaler l'escalier, j'entendis de l'autre côté de la cloison un poids lourd s'ébrouer, j'entendis un jappement qui me glaça. Le plus surprenant fut que mon hôte se précipita pour faire barrage à l'irruption de l'animal avant même que je hurle mon effroi. Il avait anticipé car il savait. Il allait m'apprendre ce qu'il savait.

Un bruit sourd l'arracha à sa copie. Une femme de chambre venait de frapper à la porte. Son jeûne la veille au soir l'avait affamé, et il se faisait servir un copieux petit déjeuner. Il posa le stylo dans son étui de cuir brun. Il se rassasia prestement, il était excité par la fluidité avec laquelle il enchaînait les mots et les phrases. Il avait envie de l'exprimer de vive voix à Claire. Pour la première fois depuis le début de son escapade, il décida de l'appeler. Il finissait de lui laisser un message sur le répondeur lorsqu'elle décrocha. Le ton enjoué de cette voix caverneuse, elle ne l'avait pas entendu depuis si longtemps ! Son propre timbre s'éclaircit, et leurs deux voix firent communion. Il l'écoutait sangloter, elle l'écoutait vagir. Si seulement elle était là, pensa-t-il. C'est la communion de leurs corps qu'ils auraient ramenée à la vie.

Cette demeure le ravissait, elle était le berceau de sa renaissance. Il décida d'y séjourner quelques jours. Le temps nécessaire pour conclure sa démarche épistolaire, pour consolider et cimenter cette résilience avant de prendre le chemin du retour.

Le surlendemain, il prévint l'hôtesse qu'il allait déjeuner dans le village. Un établissement gastronomique en faisait la renommée, et un désistement inopiné avait libéré une table qu'il s'était empressé de réserver. Être seul au restaurant lui avait toujours procuré du plaisir. Il s'attablait lesté de journaux et de livres, mais en réalité il musardait, il examinait avec soin ou indolence les couples venus s'aimer, les familles venues célébrer, les hommes d'affaires venus négocier. Il s'amusait à spéculer sur leurs véritables intentions, sur la réalité de leurs relations, il jouait à scénariser ou même à déflorer leur existence, il rêvait ou fantasmait à travers le spectacle de ces inconnus joviaux ou taciturnes, qui riaient, tonitruaient, murmuraient, s'ennuyaient. Plus le vin qu'il ingérait livrait ses attributs, plus l'évasion s'aventurait loin.

Avant de gagner l'établissement, il programma une marche. Celle-ci devant le mener jusqu'à l'étape récréative, il s'habilla donc en conséquence. Il pouvait être coquet, et lors des préparatifs de son escapade il avait glissé dans son sac quelques vêtements respectables. L'un d'eux lui tenait à cœur, il tira même quelque joie de trouver l'occasion de s'en revêtir. Une veste de laine, striée d'une juxtaposition de carreaux rouges, blancs et bleu nuit. Il l'avait acquise dans une boutique réputée d'Ostende, lorsque avec Claire et des amis il s'était rendu sur les pas de Spilliaert et d'Ensor.

Il quitta le hall, longea le parking de l'hôtel, et sortit par un portillon qui donnait accès à la plage. De là, il rejoignit le sentier du littoral, de plus en plus escarpé au fur et à mesure que la colline de calcaire s'élevait. Le vent était tranchant, lacérant chaque obstacle. Il balayait la côte, vers laquelle il ramenait des nuages, d'abord morcelés et inoffensifs, puis conglomérés et intimidants. La vitesse à laquelle ils semblaient foncer vers lui le surprit, mais ne l'effraya pas. Au contraire, il voulait retenir en premier lieu la majesté du moment, une luminosité qui se frayait encore un chemin et drapait la végétation d'une coloration hypnotique. La pluie ne menaçait pas, il poursuivit son excursion d'une foulée régulière.

Il croisa quelques randonneurs, qu'il salua avec bonhomie. Il s'écarta et saisit son bâton lorsqu'un doberman impressionnant fit mine, au loin, de s'approcher. Son maître devina l'indisposition avant de mesurer l'épouvante, siffla l'imposant animal qui, parfaitement domestiqué, s'immobilisa à ses pieds, laissant l'élégant marcheur soulager son émoi et poursuivre son itinéraire. Plus loin, des enfants tractaient des cerfs-volants, et par la force du vent manquaient de s'envoler eux-mêmes. Un couple de grands-parents les accompagnait, elle avait blotti sa main dans la main de son compagnon, elle lui serrait la main fermement, amoureusement. Le spectacle lui inspira une impression savoureuse : vide, il l'était, mais d'un vide délectable, aérien, un vide qui n'oppresse pas et invite à une légèreté éthérée, à une désinvolture joyeuse. La mélancolie bienveillante était, pour de bon, de retour.

CHAPITRE II

En réalité, ce retour n'était que passager.

Il avait en ligne de mire le village où il allait se restaurer. C'est ce moment que choisirent les démons pour jaillir de la tanière où ils étaient restés tapis en attendant l'heure de leur triomphe.

Ils déterrèrent brutalement la mélancolie destructrice, la mélancolie de l'inanité, la mélancolie qui ravage. Ils se rassemblèrent promptement, composant une légion et s'apprêtant à festoyer. La proie s'était crue soignée, il avait suffi de quelque incident ou circonstance malheureuse pour que, de nouveau, elle embolise. La répugnance de lui-même, les sentiments de honte, d'inutilité, tout d'un coup l'engouffrèrent et le dépecèrent. Il avançait, hébété mais conscient, sur le chemin. Il était figé, il était tel un voilier encalminé. Il s'arrêta pour reprendre son souffle.

Il lui fallait griller une cigarette. Il en arracha le filtre, comme lorsqu'il était adolescent et voulait affirmer sa masculinité, sa virilité. Elle exhalait une saveur particulière, celle, indescriptible, des sorties d'hiver, des quais de gare, des premières qu'on inhale après une énième pause. Il en alluma une deuxième, une troisième.

Il le ressentait irrépressiblement : d'initiatique, ce périple devenait testamentaire.

Le ciel s'était encré, il était devenu charbonneux, il reproduisait l'outrenoir de Soulages. Une nuit descendait à la hâte, comme pressée par le devoir. Il quitta lentement le tracé, s'enfonça lentement dans la lande de bruyères, s'approcha lentement du bord de la falaise. Il contempla le vide. Ce vide commandait, il magnétisait et attirait vers lui son propre vide. Le vide du précipice semblait promettre à son vide de l'emplir soudainement. Oui, ce vide était le serment de combler le sien. Il se révélerait être aussi la naissance d'un vide ineffable chez ceux qu'il aimait et qu'il croyait débarrasser du vide qu'il était devenu.

Il stationna quelques instants, inclina son corps, et plus encore son âme, dans l'abîme, il versa son vide dans le vide. À cet endroit de la falaise, une cinquantaine de mètres séparaient le sommet de la base. Le corps de Nicolas se déchiqueta sur les rochers aiguisés par le mouvement immuable des ressacs, puis les courants l'enlevèrent de la stèle, le déposèrent dans l'océan. L'océan le captura, puis l'océan l'engloutit. Comme le glacier le corps de son père.

CHAPITRE III

Claire était dans le bus qui la ramenait de l'université où elle venait de dispenser son cours. Elle était très appréciée des élèves qui suivaient auprès d'elle une formation d'anthropologue. Moins pour la virtuosité de son savoir que pour la pédagogie et les méthodes qu'elle employait à le diffuser. Il était seize heures lorsqu'elle pénétra dans la maison. Paul, qui étudiait la sociologie dans le même établissement où elle enseignait, était là. Il discutait avec sa sœur Léa, de retour quelques jours plus tôt des États-Unis où elle exerçait comme cuisinière dans un restaurant français de l'île de Nantucket. Léa était venue séjourner deux semaines pour participer à l'anniversaire d'Étienne. Il avait dix-huit ans, et entamait un cursus d'ingénieur.

Ce soir-là était donc le théâtre de réjouissances. Claire avait convié les plus proches amis de son fils, Sarah était de la noce, et ensemble ils avaient dressé une table de fête. Claire se faisait violence, car depuis la disparition de Nicolas, célébrer un événement joyeux était au-dessus de ses forces. Surtout dans cette maison, qu'elle continuait d'habiter cinq ans après le drame.

Les invités étaient enfin tous réunis. Claire servait et desservait, avec l'alcool les langues se déliaient et révélaient des frasques d'adolescents, les voix se faisaient de plus en plus sonores, les éclats de rire fusaient, et même Yquem, l'impressionnant bouvier bernois venu distraire et égayer la fratrie quelques mois après le séisme, était excité par l'effervescence.

La nuit avançait, Claire en profita pour se mettre en retrait de la grande tablée animée, et s'assit dans un fauteuil. C'était celui, en velours chamarré, dans lequel un ami de sa belle-mère s'était installé et l'avait accompagnée vers la mort au son du violoncelle. Avec un splendide échiquier de chêne et d'ambre des années trente que son beau-père s'était vu remettre par un maître russe, il était l'un des rares meubles rescapés des vestiges de cette famille dont Claire ignorait presque tout. De sa place, elle contemplait le spectacle, elle se réjouissait que les joies congruent. Elle alluma une cigarette, se servit un verre de gin, et déplaça doucement son regard sur les murs, le mobilier, les objets de décoration, qu'elle avait peu changés depuis le suicide de Nicolas.

Les murs, il les avait recouverts de peintures et de dessins acquis dans des galeries d'art ou des maisons de vente, il y avait englouti une partie de son héritage et de ses modestes économies. Les nuits de tourments, les nuits de solitude, les nuits d'ivresse mortifère, il les passait parfois au milieu de ces œuvres, elles agissaient sur son affliction comme un pansement ou, au contraire, comme un amplificateur. Chacune d'elles, disait-il, est un indice sur lui-même, elle permet de le déchiffrer un peu. Chacune d'elles, et aussi, avait-il poursuivi à plusieurs reprises, les expositions auxquelles il conviait Claire et parfois les enfants, notamment celles des mouvements expressionnistes d'Allemagne et d'Europe du Nord qui mettent à nu l'anatomie de l'amateur – lorsqu'il y est disposé.

Claire, du temps où il était vivant, n'avait pas prêté attention au propos – pas même lors de la rétrospective consacrée à Helene Schjerfbeck au musée d'Art moderne de la Ville de Paris. Il avait pourtant insisté avec doigté pour qu'elle prenne le temps de se confronter à l'envoûtante série des autoportraits. Depuis sa mort, elle s'obstinait à essayer d'entrer dans le mystère de ces toiles, de ces estampes, de ces fusains, pour espérer entrer dans le mystère d'un homme qui s'était et avait détruit. La nuit, il lui arrivait d'occuper les mêmes positions que lui dans le canapé du salon pour, là encore, tenter de débrouiller l'énigme.

Les tableaux sont des silences qui disent. Un même tableau peut murmurer un jour et crier le lendemain, il peut tendre la main ou appeler à l'aide. Pour établir l'échange, il faut savoir lui parler, il faut surtout savoir l'écouter, il faut savoir entendre ses plaintes, ses douleurs, ses exigences, il faut savoir entendre ses ressources et son offrande.

Pas une seule œuvre n'était repos. Même les paysages étaient souffrance ou déchirement, même les pigments étaient tempêtes et inconfort. Les portraits et les autoportraits, qu'ils soient peints ou dessinés, qu'ils soient d'école romantique ou de facture expressionniste, formaient un kaléidoscope de son âme. Des vanités, des scènes de tristesse, des scènes de torture, des scènes de mort, des scènes de solitude, des scènes d'absence, des scènes de silence, des scènes de crucifixion, composaient un accrochage d'une grande qualité et d'une infinie mélancolie. Tous ces crânes étaient-ils son crâne ? Constituaient-ils sa relique ?

Il avait voulu cette exposition intime, cette intrigante élégie, comme un jeu de pistes labyrinthique. Elle n'en avait pas trouvé l'issue, elle s'y était même perdue. Claire l'ignorait, mais l'amateur et le tableau établissent un lien unique qui n'autorise aucun transfert, aucun partage ; la faculté du tableau d'entrer totalement en l'amateur et la disposition de l'amateur d'entrer – avec déférence et humilité – dans le tableau ne sont pas duplicables. L'un et l'autre composent un idiome intraduisible, une citadelle inaccessible. Le secret de leur relation amoureuse est comme celui du geste du peintre déplaçant le pinceau, le couteau, le crayon sur le support : hors de portée. À l'abri dans un coffre-fort qu'il est indécent

– et heureusement vain – d'escompter perforer. Claire se satisfaisait, simplement, qu'à vivre avec ces œuvres funèbres, les enfants ne s'y soient pas dissous – de toute façon, il y avait bien longtemps qu'ils passaient devant elles sans les voir, à la fois par habitude et par désintérêt. Il lui plaisait aussi que cet ensemble maintienne Nicolas presque en vie.

Cette maison, Claire continuait de l'habiter par choix. Bien des opportunités ou des raisons auraient pu l'en éloigner, qu'elle avait éconduites. La pression n'était pas venue des enfants. Au contraire, Léa et Étienne auraient voulu la fuir, et c'est d'ailleurs parce qu'elle savait cette aspiration inexauçable que la cadette s'était exilée dès sa majorité aux États-Unis. Étienne avait toujours étouffé ici, et il avait choisi un cursus d'études loin de Paris et de cette geôle pour vivre son individuation. Seul Paul, le plus rationnel des trois, semblait s'être accommodé du fardeau paternel. Un jour, pourtant, Claire devrait se résoudre à partir. Si elle restait seule dans cette maison, celle-ci deviendrait son mausolée.

Son regard, ce soir-là, oscillait sans cesse des objets et des peintures au visage de ses enfants.

D'eux, elle était fière. Ce sentiment dominait, spontanément, toute autre considération.

Paul était venu au monde dans des circonstances, pour Claire, inhospitalières. Sa grossesse était apparue tardivement, après bien des écueils médicaux. Sans raison, son mari s'était jusqu'alors opposé à l'éventualité d'une adoption. La découverte de sa gestation devançait d'à peine trois semaines celle de l'existence de Sarah. Deux vies surgissaient dans sa vie, deux vies qui ne s'ajoutaient pas et pourraient même s'entrechoquer. Et puis son ventre accueillait la vie de Paul quinze ans après celle de Sébastien ; dans ce ventre, Paul risquait d'être perturbé par l'intranquillité d'un fantôme. L'épreuve s'annonçait lourde, elle la maîtrisa, avec son mari, en douceur.

Paul était un grand gaillard, massif, qui s'était bâti, aux sens propre et figuré, à coups de mêlées et de placages au rugby. C'était un garçon d'amitiés, un garçon de la nuit, un garçon d'excès ; Claire le savait cavaleur, mais jamais il ne lui avait présenté ses amours. Elle ignorait même si ses préférences allaient aux garçons ou aux filles. Il se confiait avec parcimonie, et d'ailleurs il avait « géré » son deuil dans l'abstraction. Cette abstraction correspondait également à son refus d'endosser un quelconque rôle de substitution paternel au sein de la fratrie, et il s'en servait comme d'une armure aux pouvoirs répulsifs chaque fois que la tentation s'éveillait autour de lui.

Son père et lui avaient entretenu une relation sibylline. Cet enfant, distant par nature, devenu craintif avec les circonstances, avait toujours constitué aux yeux de Nicolas une énigme. Un objet précieux qu'on contemple, une rencontre à laquelle on renonce, une opportunité qu'on contourne par peur de l'incompréhension ou de l'échec. Bien souvent, ils s'étaient évités. Paul semblait n'en avoir pas souffert, son père en revanche avait confié à Claire le tourment que lui inspirait cette situation singulière. Ce fils à la fois l'intriguait et l'indisposait. Ce père à la fois l'intriguait et l'indifférait. S'il est un verbe qui pouvait résumer la nature de leur relation, c'est *cohabiter*. Entre eux, le ton était rarement monté, les colères s'étaient rarement exprimées, et dans cette retenue les ressentiments et les regrets s'étaient plu.

Paul était un étudiant brillant, quelques grands noms de la sociologie s'intéressaient de près à ses projets de recherche, aussi aux convictions qui nourrissaient ses travaux sans jamais les souiller ou les avarier. Claire le ressentait : ces sommités suffisaient à son fils pour établir un repère admiré, et puis ils incarnaient l'exigence et l'aura intellectuelles dont il avait pensé son père insuffisamment doté.

Léa, désormais, rayonnait. Son expatriation aux États-Unis avait transformé l'enfant timide et turbulente, l'adolescente en perdition, la jeune fille discrète et complexée. Elle était une femme, elle avait débuté son accomplissement, et à la faveur de cette transfiguration elle était devenue belle. Elle s'était affinée, la couleur de ses cheveux s'était éclaircie, son buste était droit et son regard déterminé. Elle aimait son métier, elle aimait cette excroissance du cap Cod, surtout en hiver lorsque les touristes l'ont désertée et que la tempête reclut les derniers résistants. Elle aimait le propriétaire de l'établissement, auquel la liait une relation adultérine compliquée par l'exiguïté des circonstances. Dans la bourgade, tous les autochtones se connaissaient, les habitations étaient regroupées, les occasions de secrète intimité, rares. Mais même la complexité de cette situation amoureuse ne semblait pas l'affecter.

Pourtant, combien d'obstacles elle avait dû affronter, combien de pièges elle avait déjoués, de combien d'embuscades elle s'était extraite avant d'accéder à cet épanouissement ! Ce rire, ces délicieuses rides de joie que Léa arborait à la vue de tous ce soir-là, Claire et Nicolas en avaient été privés pendant deux ans. Vingt-six mois exactement, avaient-ils compté alors. Vingt-six mois, qui séparaient le jour de la découverte de son addiction à la drogue de celui où elle s'en guérit.

Un peu avant cette période, avant que Léa n'entame son chemin de croix, son père était fréquemment absent, lié par un fructueux contrat avec l'Academy of Saint Martin in the Fields qui l'envoyait dans les grandes capitales du monde soigner les instruments des musiciens en tournée. Jamais Léa ne sut dire s'il existait une corrélation entre l'absence de son père et celle qu'elle s'apprêtait à s'infliger. Sans doute parce qu'en le déculpabilisant elle préservait et même sanctuarisait ce qui ensuite allait survenir, dans l'épreuve qu'elle lui imposait : la germination d'une relation exclusive, d'un amour unique, inaccessibles aux autres. Jamais non plus elle ne se l'avoua, mais sa mère en était persuadée : Léa s'était maintenue longtemps dans l'enfer, elle avait préféré l'enfer à toute autre hypothèse, afin d'entretenir cette relation.

Enfer, en effet, s'impose plutôt que purgatoire lorsqu'il s'agit de nommer ces vingt-six mois. C'est au retour de Nicolas après une tournée à Washington que Léa manifesta les premiers signes de son naufrage. Elle avait alors seize ans. Un soir, en rentrant de l'école, elle apparut, blême, elle tremblait, elle chancelait et balbutiait des incohérences. Son père diagnostiqua aussitôt l'origine, hurla, la gifla, et la consigna dans sa chambre. Prévenue, Claire accourut de l'université où elle finissait un cours, et se jeta dans les bras de son mari. Elle était torturée, il était torsionné, elle assimilait sa souffrance à une déflagration, il mesurait la sienne à la rémanence d'un supplice, à l'exhumation de vestiges qu'il avait crus pour toujours enfouis. Durant la nuit, pendant que ses parents tentaient entre eux un dialogue, Léa s'enfuit par la fenêtre de sa chambre et s'évapora. Elle ressurgit une semaine plus tard, après avoir été recueillie par une patrouille de gendarmes dans une bourgade du sud de la France. S'ensuivirent un interminable cauchemar, un irrespirable va-et-vient entre l'espoir et le désespoir, les maraudes et les sauvetages, les réclusions et les retrouvailles, les cris et les caresses, le soulagement et l'effroi.

Son père était indestructible, rien ne semblait pouvoir ébrécher sa détermination. Léa n'avait pas besoin de réclamer son aide ; il la lui accordait chaque jour, chaque nuit. Chaque jour, chaque nuit, il lui tendait la main, lui offrait son écoute et sa présence. Elle était devenue sa cause, un motif pour lui-même de vivre, elle était la raison de vivre qui survivait à toutes celles qui l'avaient déserté ou qu'il avait abandonnées.

Mais au fil du temps, au gré des vicissitudes épuisantes, la désespérance s'étendit, elle semblait rire des moments d'espérance de plus en plus clairsemés. Chaque jour, chaque nuit, Léa se mettait en péril.

Elle était, pour la quatrième fois, encellulée dans un établissement adapté, cloîtrée dans une alcôve monacale. Elle était hâve, et même, à certains endroits du visage et du corps, exsangue, décharnée. Aux efforts physiques, elle répondait en vacillant, étourdie par la lassitude et les médicaments. Ses yeux avaient perdu leur éclat, son regard vagabondait sans direction ni cible, sa peau, telle une dentelle, laissait transparaître le lacis veineux, dévasté par l'héroïne mais qui la maintenait encore en vie. À l'occasion du droit de visite hebdomadaire que ses parents honoraient chaque fois dans une fiévreuse fébrilité, elle profita, Claire étant allée fumer, d'être seule avec son père pour l'interpeller. Sa voix était étouffée par l'anémie et la fatigue. Il tendit l'oreille. « Pourquoi es-tu si doux, si tendre, si compréhensif, pourquoi restes-tu avec l'épave que je suis devenue, pourquoi te bats-tu avec moi, pour moi qui ne veux pas me battre? Pourquoi cet amour que je ne mérite pas, pourquoi cet amour que je décourage sans cesse? » murmura-t-elle. Nicolas obliqua son regard vers le sol et resta un instant silencieux. Puis il releva les yeux, les fixa dans ceux de sa fille, il voulait qu'ils se fondent, qu'ils se confondent, qu'ils voient ensemble. Puis il articula lentement : « J'ai été ce que tu es. Je désamorce, j'anticipe, j'ausculte, j'interprète chaque ornière dans laquelle tu te perds, chaque tentation à laquelle tu succombes. J'ai été ce que tu es, je suis donc presque toi. Lorsque j'étais ce que tu es, j'étais plus jeune, j'avais quatorze ans. J'étais sans père, qui était mort, j'étais presque sans mère, si négligente et égoïste. Encore aujourd'hui, j'ignore quelles voies j'ai empruntées pour réussir à quitter l'enfer. Je suis auprès de toi ce que mon père, j'en suis certain, aurait été avec moi. Je suis avec toi simplement ce qu'un père qui aime son enfant doit être avec lui. » Elle s'effondra. Claire revenait alors du jardin, c'était la première fois qu'elle voyait sa fille céder ainsi, et elle n'en comprenait pas encore la raison. Elle l'enveloppa avec délicatesse de ses bras, et la berça longuement.

Le lendemain était le sept cent cinquante-cinquième jour de la déchéance de Léa. Ce fut aussi le jour de sa guérison, et le premier jour de sa renaissance.

Étienne, quant à lui, demeurait pour Claire un mystère et un supplice. Ces cinq dernières années, il les avait traversées dans un mutisme presque effrayant, auquel les pédopsychiatres qui s'étaient relayés pour en disséquer l'origine et en décrypter l'issue ne trouvaient aucune explication. Il s'était barricadé, personne n'était parvenu à entrouvrir la forteresse. Son parcours studieux à l'école et sa sociabilité rassuraient, ou plus exactement édulcoraient chez ses proches les tourments qu'il leur inspirait.

Comme son frère aîné, il est probable qu'il avait été perturbé par la relation que Léa et son père avaient nourrie pendant cette « parenthèse » diabolique et apocalyptique. Sans doute, d'ailleurs, l'avait-il jalousée. Dans cette période s'était formée son obésité, qu'il avait donné l'impression d'assumer. Parfois, même, d'entretenir sciemment. Au contraire de Paul, il était trapu, légèrement voûté, et ne cultivait aucune coquetterie. Son dressing se limitait à quelques paires de baskets, des jeans informes, des polos et des pulls sans marque, il prenait soin en permanence de se dissimuler, de disparaître. Il cultivait une passion :

celle des timbres, qu'il collectionnait compulsivement. Il traquait des spécimens rares, et s'était spécialisé dans les impressions anglo-saxonnes du XIXe siècle. Peut-être l'avidité qui personnalisait son obsession de prospecter, d'acquérir et de brocanter ces petits bouts de papier invoquait-elle la – seule ou principale – similarité avec le tropisme pictural de son père. Depuis deux ans, il vivait une relation épanouie avec Julie, rencontrée au club d'échecs du lycée. Un couple d'enfants que son père n'aurait pas manqué d'associer à une privation de liberté aberrante, à un confinement affectif absurde. « Comment peut-on "vivre vieux" quand on a la chance d'être jeune ? » aurait-il volontiers moqué, souriait Claire. Julie avait toutefois soutenu Étienne dans sa lutte, accomplie, contre l'adiposité, ce qui justifiait la mansuétude qu'elle lui témoignait.

Tout comme Paul et Léa, Étienne entretenait avec Sarah une relation pleinement fraternelle. Cette « demi-sœur » n'avait rien d'une moitié de sœur. Elle était totalement leur sœur. La beauté slave, arrogante, mystérieuse, de sa mère avait modelé un corps et une grâce dont elle savait jouer avec discernement auprès de ses nombreux prétendants. Sa mère étant appelée sur les scènes du monde entier, ce furent ses grands-parents slovènes qui assurèrent à Ljubljana son éducation et celle des deux autres enfants que la violoniste allait concevoir avec un pianiste célèbre puis avec un clarinettiste anonyme. Sarah hérita faiblement de cet atavisme musical, et orienta son appétence artistique vers la photographie. Une pratique qui requiert peu d'apprentissage et une technique sommaire. Sans cesse elle papillonnait, procrastinait, paressait, mais elle semblait heureuse.

Sarah était toujours d'humeur allègre. Fréquemment, Claire s'en émouvait : le seul des quatre enfants de son mari à afficher en permanence la « joie de vivre » était celui dont elle n'était pas la mère, celui aussi qui n'avait pas été élevé par son père. L'impression, ou la réalité, de vulnérabilité, de gravité, propre aux trois enfants du couple contrastait avec celle d'insouciance et d'enthousiasme que réverbérait Sarah. Nicolas l'avait toujours pensée fragile, il s'était mépris. Mais que peut-on savoir d'un être qu'on ne fréquente que par correspondance ?

Sans pouvoir apporter de réponse formelle, Claire s'était souvent demandé de quoi, du caractère, de la personnalité de ses géniteurs, chacun des enfants s'était nourri, s'était imprégné. Quoi, des gênes de son époux ou des siens, des valeurs et des principes d'éducation que l'un et l'autre avaient déployés, des manières d'exprimer leur amour ou leur exigence, de conduire leur existence, quoi, enfin, des malédictions et des malheurs affectifs charriés depuis leur enfance, avait le plus innervé l'âme des enfants ? Elle s'était résignée devant l'inextricable équation, et sans doute la préservation de ce mystère immunisait-elle ce qui les avait, pour toujours, liés.

Depuis que Nicolas était mort, les stigmates de la tragédie s'étaient dissipés au sein de la famille. Cela avait commencé par des éclipses ; d'abord fugaces, elles s'étaient étirées de plus en plus souvent et de plus en plus longtemps. Les réminiscences étaient de plus en plus espacées et de moins en moins douloureuses. À la sidération du choc, irradiée par la lecture de la missive qu'ils avaient récupérée avec ses autres affaires dans la chambre d'hôtel, avaient succédé des phases d'abattement et de sursaut qui alternaient au profit d'un cheminement résilient fertile. Chacun, bien sûr, vivait le deuil dans la singularité de sa personne et de la relation qui le liait hier et maintenant à lui, mais la fraternité qui les unissait, le patrimoine affectif qui avait sédimenté depuis leur naissance et que Claire faisait fructifier, les avaient entraînés collectivement vers la renaissance. Ils formaient une tribu, mais elle n'avait pas les propriétés sclérosantes du clan, elle ne fossilisait pas à la manière des phalanges, chacun était libre de la contester, de s'en écarter, de la réintégrer. La dignité et la loyauté de Claire s'étaient révélées cardinales pour que le vide déclenché par le suicide du père et celui provoqué par la disparition du corps n'ébranlent pas l'âme que ces jeunes adultes s'employaient à maçonner pierre par pierre. En revanche, ce qu'elle n'était jamais parvenue à pacifier, c'était la colère indicible, la rage indicible que continuait de leur inspirer ce qu'ils assimilaient à une lâche dérobade, à une désertion égoïste.

« Comment puis-je les aider à s'approprier le cri d'Elie Wiesel : "Ma mort m'appartient. Personne n'a le droit de me priver de ma mort" ? » se demandait-elle, sans relâche.

Elle se retira dans sa chambre et laissa la jeunesse poursuivre ses agapes. La maison était grande, elle trouverait le sommeil sans que la musique l'entrave. Elle se déshabilla. Son corps, cette nudité à laquelle elle répugnait, ne s'était dégradé que modérément avec le temps. Elle était belle, ou plutôt sa plastique et son esthétique demeuraient flatteuses. Mais elles ne respiraient pas, les pores par lesquels s'écoule l'émotion étaient obstrués. Ce corps, quelques hommes s'en étaient emparés depuis le trépas de son mari, et de certains elle avait reçu le plaisir des frissons, parfois même celui des tremblements. Mais avec aucun de ces corps elle n'était parvenue à unifier le sien. Parce que aucun de ces corps ne se préoccupait du sien autant que *lui*, ne soumettait son désir au sien autant que *lui*, ne parvenait, comme *lui*, à fondre le corps dans l'âme puis à géminer cette fusion.

Le sommeil se faisait attendre. Il semblait se refuser à Claire comme s'il estimait qu'elle devait encore penser, qu'il n'était pas l'heure de clore la journée, comme s'il semait d'implicites petits cailloux, de discrets indices l'escortant vers une destination énigmatique.

Cette lutte pour, tour à tour, refouler le sommeil ou le laisser l'envahir, lui rappelait son enfance.

Dans cette famille où elle n'était rien, où d'ailleurs même le peu n'était rien, elle avait entretenu avec le sommeil une relation tempétueuse, qui avait confiné à l'obsession. Lorsque l'atmosphère était trop insoutenable, elle priait le sommeil de la capturer et de l'emmener loin, très loin au large, là d'où il n'est plus possible d'espérer rejoindre une rive. Quand, au fond d'elle-même, elle triomphait de l'adversité, quand elle mettait à distance la déréliction à laquelle l'indifférence ou les provocations permanentes la menottaient, elle s'employait à chasser le sommeil de toutes ses forces : elle voulait savourer le plus longtemps possible, dans le secret de son lit, là où personne ne pouvait s'introduire, le plaisir de cette conquête, modeste et éphémère. Parfois, lorsque ni l'une ni l'autre de ces circonstances ne s'imposait, elle aimait jouer avec le sommeil. Les règles étaient immuables : elle voulait saisir en pleine conscience l'instant précis où son esprit et son corps basculaient dans l'inconscience, se dérobaient, lui échappaient et se soustrayaient à son contrôle pour de longues heures. Parfois, malheureusement, le jeu dérapait. Claire s'enfermait alors dans une monomanie psychotique, se retrouvait coffrée dans une cellule sans fenêtre ni porte. Épuisée, asphyxiée, elle rendait les armes, elle sortait le drapeau blanc, elle annonçait au sommeil son abdication, elle lui hurlait de lui accorder son pardon, de lui venir en aide, de la soulager. Mais agacé par sa déloyauté, il retournait les règles à son propre avantage et s'amusait de la voir ainsi souffrir, se débattre, le supplier. Il pouvait alors avoir pitié d'elle et abrégeait son calvaire en éteignant sa conscience. Le plus souvent, comme s'il voulait lui donner une leçon, il prolongeait la pénitence jusqu'au lever du jour, délivrant sa proie de la torture quelques poignées de minutes avant que ne retentisse le réveil.

Les effets euphorisants et destructeurs du sommeil tel qu'elle le provoquait et tel qu'il se vengeait d'elle suggéreraient d'ailleurs certaines propriétés semblables à celles de la mélancolie telle que Nicolas s'en était nourri et telle qu'elle l'avait dévoré.

À cinquante-deux ans, il y avait, heureusement, bien longtemps qu'avec le sommeil Claire n'entretenait plus d'autre relation qu'apprivoisée. Elle se soumettait docilement à ses humeurs, à ses injonctions, elle admettait avec sagesse qu'il dictât ses ordres.

Cette nuit-là, donc, il lui indiqua qu'il voulait patienter avant de s'emparer d'elle. Pourquoi, cette nuit-là, choisit-elle de revivre l'ultime rencontre avec Nicolas, l'ultime rencontre avec l'homme qui si souvent avait exalté et endeuillé son itinéraire, coloré et noirci ses émotions, désaltéré et déshydraté son amour ? Elle n'en saisissait ni le présage ni la raison. Depuis plusieurs années, cette rencontre ultime, elle l'avait chloroformée, elle l'avait ensevelie – souvent de force – dans les catacombes de sa mémoire. Voilà qu'elle demandait à être ranimée, à être restaurée à la place qu'elle méritait. Claire s'inclina.

*

C'était deux jours avant qu'il se suicide. Il l'avait appelée de la luxueuse propriété où il avait prolongé sa halte, sur le cours de son pèlerinage. Au téléphone, elle avait à peine reconnu sa voix éraillée, d'habitude enterrée, presque gênée d'émettre un son, presque embarrassée d'indisposer. Ce jour-là, son timbre et son volume résonnaient joyeusement. Ils n'exprimaient pas d'alacrité démesurée, simplement le sentiment d'une délivrance. Nicolas lui avait demandé de prendre un avion et de le rejoindre aussitôt. Elle avait instantanément décliné, perturbée par cette hâte et de toute façon convoquée le lendemain à des réunions administratives à l'université. Il avait insisté, elle s'était débattue. Il l'avait implorée, elle avait cédé.

Le soir même son avion atterrissait, et de l'aéroport elle le rejoignit en taxi, une demi-heure plus tard, à une adresse qui ne correspondait pas à celle de l'hôtel. Elle reconnut la maison, c'était celle de leurs amis François et Violette. Elle était en première ligne devant l'océan, un simple parapet la protégeait – sans grand succès – du vent et des tempêtes, une digue naturelle faisait rempart aux incursions, déchaînées, des vagues les jours de grande marée. Un jardin d'une taille modeste mais luxuriant encerclait la haute et étroite bâtisse de pierre, composée, sur quatre niveaux, de blocs qui semblaient avoir été superposés et imbriqués au fil des époques. Claire sonna. Violette vint l'accueillir, les deux amies s'étreignirent. Elles semblaient s'agripper l'une à l'autre comme si un pressentiment indicible les soudait. En réalité, elles s'enlaçaient de joie, celle de retrouvailles après quatre années sans se voir. François était posté dans l'embrasure de la porte. Il lui tendit les bras et l'embrassa avec tendresse. Claire s'inquiéta de l'absence de Nicolas. Ils la rassurèrent ; il s'était rendu au village acheter des cigarettes, des journaux et du vin, il n'allait pas tarder à rentrer. Effectivement, une vingtaine de minutes plus tard, les hôtes entendirent grincer la porte arrière du jardin qui communiquait avec la ruelle. Nicolas fit irruption. Claire s'avança à sa rencontre. À travers la lumière hyaline du crépuscule qui s'étirait, elle distinguait un visage beau, un visage digne, un visage presque nettoyé des épreuves qui l'avaient ici ridé et labouré, là tailladé et cabossé. Elle lui prit les mains, puis elle serra son buste contre le sien, puis elle l'embrassa.

François et Violette formaient un couple auprès duquel Nicolas et Claire s'étaient toujours sentis en confiance. Ni l'un ni l'autre ne jugeait, leurs critiques étaient rares, souvent utiles et constructives, jamais leurs invités ne les avaient entendus proférer un quelconque commandement moral. Ils cultivaient leur bienveillance dans un équilibre professionnel et amical qu'ils abritaient des tentations qui enivrent et qui déroutent. La symétrie de leurs valeurs et de leurs actes avait toujours émerveillé Nicolas. La qualité de ses études et son éloquence destinaient François à devenir un avocat pénaliste de renom ; il choisit de défendre « la veuve et l'orphelin », plus précisément les ONG au chevet des méprisés et des oubliés. Une fois ses brillants diplômes en management décrochés à Paris, Milan et Boston, Violette se tourna vers l'apprentissage d'un métier promis à expirer, tabletier d'art. Fabricants de caves à cigares ou de jeux de go et d'échecs, joailliers, orfèvres de toute l'Europe confiaient à ses doigts experts la sculpture, le polissage, l'incrustation de matières nobles comme l'ivoire, la corne, la nacre et des bois précieux. C'est à l'occasion de la commande d'un antiquaire italien, dépositaire d'un violoncelle du XVIIe siècle réclamant les soins d'un luthier et d'un tabletier, que Violette et Nicolas se découvrirent. C'était quatorze ans plus tôt et, depuis, peu de discordes ou de déceptions avaient ombragé leur amitié. François et Violette avaient fait le choix, iconoclaste, de ne pas fonder de famille. Nicolas et Claire ne s'étaient jamais autorisés, même entre eux, à commenter cette transgression des conventions, sauf à louer leur ouverture d'esprit, leur empathie et leur altruisme, autant de propriétés desquelles les réactionnaires s'emploient volontiers à dépouiller les couples sans enfant.

La soirée était douce, les larges et hautes fenêtres laissaient la lune tamiser le vaste salon où les quatre compagnons étaient attablés. La décoration intérieure était soignée. Elle mêlait de manière équilibrée les goûts, les trajectoires intimes, l'éducation de chacun d'eux. Violette et François avaient réussi la prouesse de créer une subtile harmonie à partir d'objets composites, à partir aussi d'héritages sociaux et culturels contrastés. Le saumon gravlax et la blanquette de veau étaient servis généreusement, tout comme les fioles de cornas et de chablis. Au dessert, François, qui cultivait quelques plants de marijuana dans un coin discret du jardin, roula un joint. Ils inhalèrent quelques bouffées, les volutes formaient un halo apaisant et protecteur au-dessus de la table. Chaque couple s'intéressait à l'autre, questionnait l'autre, intriguait l'autre, rassurait l'autre, riait avec l'autre, faisant honneur à l'amitié telle qu'ils avaient plaisir à l'entretenir. Claire était heureuse, car Nicolas était calme, il apparaissait serein et comme pacifié. Les débats lénifiaient ses tourments, il manifestait même des gestes d'une tendresse qu'elle croyait disparue.

Il était un peu plus de minuit. Violette bâillait, les paupières de François s'affaissaient. Les invités les libérèrent de leur devoir d'hôte, et leur enjoignirent de partir se reposer. Désormais seuls, Claire et Nicolas débarrassèrent la table, nettoyèrent la vaisselle et les plats, rangèrent les ustensiles. Le plaisir, peut-être l'excitation, de ces retrouvailles maintenait le sommeil à distance. Au son d'un vieux groupe anglais qui les ramenait à leur adolescence, Nicolas osa même inviter Claire à danser. Elle rit, tant l'un comme l'autre étaient maladroits dans cet exercice, mais elle se prêta au jeu quelques minutes. Puis ils s'assirent côte à côte dans le canapé, placé face à l'océan. La lune déchirait l'obscurité de la nuit, ses reflets faisaient briller l'écume des vagues qui se fracassaient au loin sur les rochers. La dernière bouteille de cornas était à peine entamée, il servit deux verres. Claire rompit le silence.

— M'aimes-tu ?

Nicolas ne s'attendait pas à une telle question.

— Sait-on seulement ce que signifie « aimer » ? répondit-il. Moi, je l'ignore.

Saisissant que le sujet était marécageux, Claire bifurqua.

— Je sens que tu es bien. Est-ce que je me trompe ?

— Non, tu as raison. J'ai l'impression que cette pause, cette déambulation, m'ont lavé de quelque chose. Ce n'est peut-être que momentané, les démons vont certainement réapparaître, mais au moins je veux profiter de l'instant. Je voulais que tu me voies ainsi, je voulais que tu me revoies tel que j'ai été et tel que tu m'as aimé, voilà pourquoi j'ai tant insisté pour que tu viennes.

— Mais, contrairement peut-être à toi, je n'ai pas cessé de t'aimer ! objecta-t-elle. Mon amour a certes connu des couleurs et des intensités contrastées, mais il ne s'est jamais endormi.

Claire posa ses lèvres sur le bord du verre. Elle voulait simplement les humecter.

— Quel est ton plus beau souvenir de nous ? poursuivit-elle.

Nicolas marqua un silence. Puis susurra :

— Je n'en ai pas.

Claire répliqua aussitôt, à la fois amusée et courroucée :

— Ça fait plaisir à entendre !

— Ne te méprends pas et rassure-toi : en fait, ma tête est encombrée de souvenirs. Soit elle est trop abîmée pour savoir comment choisir parmi eux, soit elle ne sait pas lequel retenir.

— C'est quoi ce « quelque chose » dont tu te sens, même provisoirement, « lavé » ?

Nicolas ne répondit pas. Il adopta alors la posture qu'il affectionnait le plus, celle dans laquelle il excellait : le mutisme. Claire reprit le cours de sa question. Elle était, soudainement, agacée. Elle était aussi impatiente et fébrile, car il lui apparaissait que, dans ces circonstances inhabituelles, ce « quelque chose » allait enfin se livrer. À ses yeux, l'image d'une marmite en ébullition ou d'une pelote de laine aurait été la parfaite allégorie du moment : une fois les rivets du couvercle dévissés ou les nœuds déliés, plus rien ne peut retenir ce qu'elles ont à révéler. Elle voulait lui crier de parler, elle voulait le supplier de parler, elle l'aurait même torturé pour obtenir qu'il parle. Mais elle se ravisa. Elle le bouscula, mais avec précaution et compassion. À cette fin elle recourut à une malicieuse digression.

— Le silence a toujours fait partie de toi. Il est même ton identité. Et je l'ai accepté comme tel. Mais dis-moi ce qu'il représente : un refuge? un camouflage? une carapace? une fuite?

— Détrompe-toi. Bien sûr, il m'arrive de m'en servir pour m'échapper, pour me soustraire à une situation qui m'embarrasse, que je n'ai pas envie d'affronter, ou simplement qui m'ennuie. Mais pour ce qui nous concerne, c'est différent. Tu assimiles souvent mes silences à mes absences, tu interprètes mon silence comme étant le symptôme de mon absence. Ce n'est pas exact. Parfois mon silence et mon absence sont en symbiose. Mais le plus souvent, le silence contribue à nos dialogues, il est un élément de la manière dont je me confie à toi, dont je m'exprime auprès de toi, dont je suis attentif à toi. Lorsque, dans mon silence, tu estimes que je suis absent de toi, que nous sommes absents l'un à l'autre, tu t'égares. Dans mon silence, il y a des mots, des phrases, il y a toutes sortes d'informations sur ce que j'éprouve, il y a des rires et des colères, des angoisses et des combats, il y a mon empathie et mon égoïsme, ma générosité et mon indifférence. Le silence occupe une partie importante de mon lexique. À mes yeux, ta présence, lorsqu'elle s'expose dans le silence que j'impose, est elle-même une partie essentielle de ton vocabulaire. Elle me stimule, elle me questionne, elle me rabroue, elle me juge, elle me réveille. Nos silences, celui que je dicte et celui que tu as appris à domestiquer, nous permettent de composer un dialogue fécond, un dialogue auquel personne ne peut accéder et qui mériterait d'être jalousé. C'est à toi de donner un sens à mes silences.

Il se tut. Claire avait peu d'arguments à objecter. Elle se risqua toutefois à renchérir.

— Peut-être que je ne sais pas toujours interpréter tes silences, sans doute même peiné-je à admettre que le silence est une langue, et que dans le silence tu peux être pleinement présent. Mais ce silence, tu t'y claquemures quand ça t'arrange, tu ne peux pas nier qu'il est aussi une lâcheté, vis-à-vis de moi et vis-à-vis de toi. Et puis ce silence t'emmure dans des abîmes et des souffrances dont j'aimerais t'extraire, il est donc pour moi, avant tout, un chagrin.

Nicolas releva la tête, se tourna vers Claire, et la scruta avec une intensité qu'elle ne lui connaissait pas et qu'elle ne parvint pas à déchiffrer. Voulait-il impressionner son âme ? l'inventorier ? l'annexer ? la louanger ? L'intensité de ce regard et les supputations corrélatives étaient d'ailleurs si inédites que Claire en fut troublée. Elle se ressaisit toutefois très vite. Dans les yeux de Nicolas, il lui semblait que dominaient la bonté, la déférence, la gratitude, il lui semblait même qu'il rendait les armes. Elle s'en convainquait : le face-à-face tournait à son avantage. La parole de Claire prenait l'ascendant sur le silence de Nicolas, l'opportunité ne se représenterait peut-être jamais, il fallait la saisir.

Elle lui prit la main, qu'elle caressa avec onction, ses lèvres, sa bouche, ses yeux exprimaient une tendre piété. Alors elle lui demanda :

— Quel est ce « quelque chose » ? Que portes-tu en toi de si lourd qui te scelle au fond du précipice et t'empêche de remonter à la surface ?

Nicolas ne réagit pas. Il songeait à la lettre qu'il était en train de composer et qui allait révéler ce « quelque chose ». Il hésita. Après tout, pourquoi ne pas lui dire ce qu'il avait commencé de lui écrire ? Ce serait si simple. Il essaya. Mais aucun son ne put sortir de sa gorge. Ses lèvres tentaient, en vain, d'imperceptibles mouvements. Il se ravisa. S'il avait choisi la plume pour raconter son secret, c'est qu'il y avait des raisons. Et ces raisons, il ne servait à rien de vouloir les déranger et les brutaliser. Sans qu'il pût les définir, elles s'imposaient, et il devait s'y soumettre. Il contempla Claire attentivement puis arqua le haut de son corps vers la table basse, sur laquelle il posa son verre. Il agissait sans les saccades dont il était coutumier lorsqu'il éructait sa colère, se sentait honteux ou pris au piège de ses turpitudes. Son regard doux et la délicatesse de ses gestes signifiaient à son épouse qu'il approuvait son insistance, mais qu'il s'y dérobait. Il lui sourit, l'embrassa, et partit se coucher. Quand, une vingtaine de minutes plus tard, elle le rejoignit dans le lit et que son corps le réclamait, il dormait profondément.

Le lendemain matin, son corps appelait toujours Nicolas. Mais il avait quitté la couche. Depuis longtemps ? C'était probable, car les draps couvrant sa place étaient froids et repliés comme s'ils n'avaient enveloppé aucune peau, aucune respiration. Elle ne s'en inquiéta pas, paressa en attendant son retour. Une heure plus tard, elle renonça, prit un bain bouillant, s'habilla chaudement, et descendit au rez-de-chaussée. Là, Violette et François petit-déjeunaient. Chacun était abruti par l'ivresse de la veille, et l'heure n'était pas aux palabres. Personne n'avait encore vu Nicolas. Il fut de retour deux heures plus tard, juste à temps pour accompagner Claire à l'aéroport. Les embrassades furent brèves mais ardentes, tous les quatre se promirent de rapides retrouvailles.

Dans le taxi qui les emmenait, Claire se blottit contre Nicolas, et lui demanda les raisons de son escapade matinale. « C'est lorsque je suis seul que je me sens au plus près de toi », chuchota-t-il.

Quelques minutes avant d'arriver, alors qu'à l'aplomb du tertre le tarmac se laissait découvrir, Nicolas pria Claire de rester. La fin de semaine approchait, elle n'enseignait pas le lendemain, les enfants pourraient se débrouiller seuls. Elle déclina délicatement, moqua avec élégance son impétuosité. Il n'insista pas. Lorsqu'ils pénétrèrent à l'intérieur du bâtiment, les haut-parleurs pressaient les passagers à destination de Paris de se hâter d'embarquer. Claire fouilla dans son sac, en sortit billet et passeport. Il l'embrassa, elle l'embrassa, il évoqua son retour proche. Au moment où elle se retourna pour rejoindre le portique de contrôle, il murmura à son oreille quelque propos qu'elle ne comprit pas. Puis sa silhouette s'évanouit dans la foule.

Voilà. Claire avait fini de revivre l'invivable.

Elle se coucha. Sur son téléphone portable s'était inscrit dans la soirée un message de Roland, un ami de la première heure, lui aussi luthier. Il demandait à la rencontrer, le lendemain, avec ses trois enfants et Sarah, avant que Léa ne s'envole de l'autre côté de l'Atlantique. Elle pianota sur le clavier avec enthousiasme – elle appréciait Roland, depuis le drame il s'était montré présent, avec pudeur et discernement –, et le convia à déjeuner.

CHAPITRE IV

Il était midi et demie. Roland sonna à la porte, Claire vint l'accueillir.

— Je suis si heureuse de te voir.

— Moi aussi, répondit-il sobrement.

Elle le prit dans ses bras, leurs gestes étaient d'une grande tendresse, d'une grande affection. Ils semblaient exprimer l'émotion accumulée depuis le drame, la complicité et l'amitié que le drame avait tressées.

— Allons dans le jardin, j'ai disposé la grande table de chêne, celle que tu nous avais offerte pour notre mariage, tu te souviens ? Les enfants dressent le couvert. Tu vas voir comme ils ont changé. Surtout Léa que tu n'as pas vue depuis qu'elle s'est installée à Nantucket. Eux aussi sont heureux de te voir.

Le jardin, Claire y était très attachée, elle l'entretenait à son image, c'est-à-dire qu'elle laissait à la végétation une liberté qu'elle cornaquait scrupuleusement, cultivant l'apparence trompeuse d'une autogestion. L'herbe échappait aux tontes qui, selon elle, aseptisent et dénaturent, les lilas mauves et blancs amorçaient leur fleurissement, les glycines faisaient cortège le long de l'allée centrale, les massifs d'hortensias roses patientaient encore. Le hêtre pourpre offrirait plus tard son explosion de couleurs automnales, les bouleaux se dressaient haut vers le ciel, le cèdre trônait majestueusement.

Yquem trottait à leurs côtés. La joie des enfants était palpable. L'énergie des accolades et des embrassades en témoigna.

— Ta mère m'avait prévenu que tu avais changé, mais je n'imaginais pas à quel point, sourit-il à l'attention de Léa. Et toi, Étienne, dix-huit ans, tu es un homme maintenant ! Et il ajouta, en riant :

— Si tant est que ça veuille dire quelque chose !

Il lui tendit un paquet enrubanné, à l'intérieur duquel étaient glissés quelques billets de banque. Il ne savait pas quoi lui offrir de personnel, et avec ses propres enfants il avait appris qu'à cet âge il est préférable de laisser libre.

Paul et Sarah s'approchèrent à leur tour. Roland fut saisi par la ressemblance de Paul et le mimétisme de Sarah avec leur père. L'étreinte n'en fut que plus intense.

Claire servit du champagne, l'apéritif s'étira à la faveur d'un soleil éclatant mais doux, qui révélait le jardin sous ses plus beaux atours. Le repas se déroula sous les meilleurs auspices. L'humeur était gaie, les meursaults et les pommards désinhibaient, les fruits de mer étaient savoureux. Claire, comme elle s'en était régalée la veille, observait le moment avec délectation. Un bonheur inédit émanait de la tablée, un bonheur qui était aussi embarrassant, et même culpabilisateur. Elle scrutait en particulier Roland, le fidèle compagnon de route, le précieux ami qu'elle mesurait au « vieux Léon » de Brassens, au « Jojo » ou au « Fernand » de Brel. Son physique était disgracieux, et il avait souffert que peu de femmes, autres que celle qui lui donnerait des enfants avant de fuir, lui aient porté de l'intérêt. Il était un artisan modeste, sur lequel son ami, malgré lui, avait exercé une admiration intimidante, encombrante. Il avait toujours été l'ombre des autres, de sa femme, de ses enfants, de ses confrères et de ses consœurs, de ses amis. Sauf de Nicolas et de Claire, émus par une générosité et une bienveillance qu'eux seuls avaient su distinguer de la mièvrerie à laquelle d'autres qu'eux le confinaient. Il était devenu, au fil du temps, un frère, le frère que Nicolas n'avait pas eu, un frère bien différent de ceux que Claire avait subis.

Au dessert, le sablé aux framboises fut illuminé de dix-huit bougies, et de nouveau le champagne fut servi.

Mais Claire, maintenant, était perturbée. Elle voyait Roland s'éteindre petit à petit, comme gêné, elle s'interrogeait sur les raisons de sa présence, elle se demandait quand il allait justifier son message de la veille. Roland, qui lui faisait face en diagonale, fixa, figea son regard. Il interrompit les simagrées, et prit la parole.

— J'ai demandé hier à votre mère de vous réunir, car je dois vous parler.

L'assemblée se tut aussitôt. Elle semblait effarée par la gravité du ton, qui tranchait radicalement avec l'atmosphère régnant depuis le début du repas. La stupeur du moment hébétait même Étienne et Claire. L'épouse et les enfants comprirent que les instants suivants mettraient en scène la mémoire du disparu.

— Quelques jours avant qu'il n'entame son pèlerinage funèbre, Nicolas est venu me voir à l'atelier. C'était un vendredi, c'était la fin de la journée, mes deux apprentis étaient partis. Nous étions seuls. Vous le connaissez, il n'était pas venu les mains vides, il avait amené avec lui une bouteille de whisky japonais. Nous avons consommé quelques charcuteries, nous avons bu, il était mutique. Dans ces moments il ne sert à rien d'espérer lui arracher les mots de la bouche, il faut laisser au temps le temps que le silence s'évapore.

La tension était vive. Paul, Sarah, Léa, Claire demeuraient impassibles, ce qu'ils supputaient ou redoutaient était impénétrable. Seul Étienne donnait l'apparence d'une forme d'indolence.

— Nous avons ensuite parlé de choses et d'autres, de banalités qui ne correspondaient pas à la singularité du moment telle que je la ressentais. Il m'a même emmené sur le terrain de la politique, c'est vous dire… Il me donnait l'impression d'explorer toutes sortes de sujets dilatoires pour ne pas avoir à aborder celui pour le compte duquel il venait me voir. Je sais que dans ces cas-là il faut patienter, et attendre que l'alcool fasse son effet. Vers vingt-trois heures, il s'est levé et a pris son manteau, vous vous rappelez, ce beau manteau de flanelle fine que tu lui avais offert, Claire, au Noël précédent. Il m'a regardé fixement, et longuement. Il était muet, le silence provoquait en moi un trouble terrible, que jamais je n'avais éprouvé auparavant. Il m'a demandé si j'étais capable d'honorer un secret, quelles qu'en soient la nature, les circonstances ou les conséquences, aussi lourdes soient-elles. J'ai pris le temps de réfléchir avant de répondre. Puis j'en ai pris l'engagement. Alors il m'a souri, m'a embrassé, et il est parti.

La nuit précédant sa mort, il m'a adressé un fichier électronique, une vidéo, dont je n'ai pris connaissance de la transmission qu'au soir du lendemain. Un message l'accompagnait, dans lequel il me sommait de ne vous le communiquer qu'au jour où le dernier de ses enfants, toi, donc, Étienne, serait majeur.

À la mention de son prénom, Étienne sursauta. Il sortit instantanément de sa torpeur, et rejoignit le reste de la tribu, médusé par l'intervention de Roland.

— Pendant cinq ans, j'ai donc gardé précieusement ce document. Je vous laisse imaginer les tourments que cette possession, depuis son suicide, a provoqués en moi. Combien de fois je me suis demandé si je devais respecter son injonction… Mais vous me connaissez comme vous connaissez Nicolas : trahir un serment était impossible. Rien ne devait rompre la confiance par laquelle nous étions tous deux encordés. J'aurais eu l'impression de lui infliger une seconde mort.

Ses auditeurs étaient ébaubis. Cette discipline, cette servitude, étaient-elles compréhensibles ? Acceptables ? Les sentiments que leur inspirait le comportement de Roland pendant toutes ces années se déplaçaient à une vitesse incontrôlable vers chaque extrémité du spectre, ils rebondissaient sans maîtrise, comme ivres. L'admiration s'entrechoquait à la fureur, la déférence se heurtait à la rage.

— Je vois, et je comprends, bien sûr, votre stupéfaction. Mais c'était faire honneur à Nicolas que de faire honneur à sa confiance, c'était aimer Nicolas que de respecter le devoir. Peut-être m'en voulez-vous, j'espère qu'avec le temps vous comprendrez et accepterez.

Claire se leva. Les larmes ne cessaient pas, son maquillage était délavé. Elle s'approcha de Roland, elle l'embrassa tendrement, elle lui dit *merci*. Ses enfants, dès lors, pouvaient baisser la garde.

— J'ignore toujours le contenu de ce film. Le voici.

Il tendit à Paul la clé USB qui le renfermait. Puis, en silence, il prit sa veste, salua, essuya ses propres larmes, et d'un pas cérémoniel s'enfonça dans l'allée. Quelques minutes plus tard, Étienne fut le premier à se précipiter, rattrapa l'invité, et le pria de rester.

La fraîcheur commençait de tomber. Tous convinrent qu'il fallait rentrer dans la maison, et ils rejoignirent le salon. Personne, excepté Claire et dans une moindre proportion Roland, ne mesurait l'à-propos de l'environnement pictural devant lequel ils s'asseyaient.

Paul inséra la clé dans son ordinateur, il alluma l'appareil simultanément à la télévision qu'il lui avait raccordée. Mais il n'était pas capable d'enclencher la lecture. Personne, d'ailleurs, n'osait. La stupeur annonçait une déflagration. Comment supporter de voir et d'écouter celui qui n'avait plus de corps ? Son visage allait vivre, sa chair allait vivre, sa voix allait vivre, mais rien de lui n'était promis à renaître : comment endurer une telle invraisemblance ? Et qu'allait-il révéler ? Pendant une dizaine de minutes, chacun demeura figé, écartelé entre l'excitation et l'effroi. C'est Roland qui, le premier, rompit le silence et proposa d'assumer la besogne. Claire, tremblante, acquiesça d'un hochement de tête timide.

Comme tous le redoutaient, l'effet fut foudroyant. Le surgissement du visage de Nicolas, avant même qu'ils pussent le contextualiser, les paralysa. La qualité de l'écran et le système d'enceintes disposées dans le salon conféraient à l'image et au son une présence sidérante.

Nicolas apparaissait assis sur un banc. Il était habillé d'un tee-shirt noir recouvert d'une veste kaki. Autour de lui se découvraient des massifs de fleurs pourpres et blanches, un chemin goudronné, et l'océan. De hauts arbres faisaient rempart sur un côté, ils filtraient la lumière d'un soleil que l'on devinait levant et qui effaçait certaines rides de son visage. Du téléphone portable à partir duquel il s'enregistrait, l'image dévoilait un regard serein, une humeur apaisée qu'il leur semblait avoir rarement connus. Une infime pellicule de fraîcheur, celle de l'aube, celle de l'humidité du rivage, celle des volutes d'écume dispersées dans l'air, perlait sur sa peau et la recouvrait d'une délicate protection. La fumée de sa cigarette ondulait et grisait le décor. Selon les angles de la caméra surgissaient un clair-obscur ou des contrastes de luminosité dignes d'un Caravage ou d'un La Tour. Cinq ans après, ce corps mort était un corps vivant, cette âme morte était une âme vivante.

Quelques secondes plus tard, Nicolas engagea son monologue.

Ma tendre Claire, mes chers Paul, Léa, Étienne et Sarah,

Ce message, je vous le livre d'un petit bosquet qui fait face à l'océan. Il est à peine sept heures. Claire dort encore, elle m'a rejoint hier chez Violette et François. Tout à l'heure, elle reprendra l'avion. Je lui demanderai de rester, j'ai besoin qu'elle soit avec moi et j'ai besoin de ne pas être seul, mais je pense qu'elle préfèrera vous retrouver. Je n'insisterai pas. Claire, je te supplie d'écarter toute culpabilité; accepter de demeurer ces quelques jours près de moi n'aurait fait que retarder l'appel à m'éloigner de moi, puis de vous.

Ce que je veux vous dire, je l'ai écrit d'un trait cette fin de nuit avant de venir m'asseoir sur ce banc. J'avais peur d'oublier des morceaux importants du puzzle, et puis je ne suis pas doué pour parler sans notes. Alors je vais plutôt lire.

Voilà bien longtemps déjà que mon âme est épuisée. J'ai beaucoup imaginé, essayé et même entrepris depuis de nombreuses années pour conjurer le mal, ou plutôt les maux qui rongent ce que je suis. Ce que je suis désormais fait que je ne peux plus être ce que je veux pour moi, ce que je veux et peux pour vous. J'ai fait du mal autour de moi, j'ai supporté jusqu'à présent le mal que j'ai diffusé, mais je ne me tolère plus à l'idée de continuer ainsi. Le moment est venu de me retirer. Ou au moins d'initier un cheminement intime, introspectif, à l'issue duquel je verrai, je l'espère, plus clair. C'est pourquoi il y a quelques jours j'ai pris la route, seul et sans autre destination que celle d'aller au bout de moi-même. Cet enregistrement ne sera jamais publié si je trouve les raisons de poursuivre ma vie ; dans le cas contraire, j'ai demandé à Roland de le partager avec vous, dès qu'Étienne sera en âge de le recevoir.

Ne faites aucun reproche à Roland du temps séparant ma remise de ce court message de la diffusion qu'il en fait auprès de vous ; il a simplement respecté les conditions de confiance que j'ai dictées au moment de le solliciter pour cette mission.

Ce mal, ces maux, sont le vide que mon âme et mon corps sont dorénavant. Mon dépérissement a infusé méthodiquement, ma pugnacité pour l'endiguer s'est révélée infructueuse. Mon intranquillité fut longtemps féconde, peu à peu elle est devenue braises, puis elle est devenue cendres. La non-utilité, le non-intérêt de ce que je suis et de ce que je peux donner m'ont colonisé. Le vide est devenu le néant, le néant a ruisselé et s'est répandu, le néant m'imprègne partout. Mes facultés d'indignation et de générosité ont congelé. À tout ou presque, je me résigne, je suis empoussiéré. Ma disposition au plaisir et au beau s'est desséchée.

Je suis incarcéré dans mon insularité.

J'ai lutté pour ralentir cette liquéfaction, j'ai lutté avec mes armes, j'ai lutté, avec, presque toujours, l'espoir de vaincre. Tant que je me détestais, j'étais en lutte. Mais je ne me déteste plus, car je ne me considère plus. Je me suis même tellement acclimaté à la mort que la mort des autres m'indiffère. Aujourd'hui, je sens que j'abdique. Je crois que je me suis, cette fois définitivement, quitté. Je suis à côté de moi, et peu de ce que je vois de moi est inspirant.

Certaines de ces armes étaient inoffensives. Je pense à l'art que j'ai collectionné et « ingéré » dans tous les sens du terme, je pense aussi à mon métier de luthier ; je l'ai choisi pour créer un lien avec votre grand-mère violoncelliste dont je n'ai aperçu l'humanité qu'au moment où elle s'apprêtait à mourir ; je l'ai choisi aussi pour continuer de vivre dans cette musique qui n'a pas voulu de moi en tant qu'interprète – mes quinze années d'études de piano étaient laborieuses, je n'avais pas le talent qui m'ouvrait les portes du conservatoire – d'ailleurs, ma mère ne manquait pas l'occasion de m'humilier à ce sujet. D'autres armes étaient destructrices : l'alcool, la cigarette, la nuit. L'égarement, les fugues, et l'absence – même lorsque j'étais là. La violence, celle des mots et celle des poings ; chacun de vous, et en particulier Claire, en a souffert. Ces remèdes, ces fuites, ces lâchetés m'ont avili. Je n'aurais pas aimé avoir un fils, un époux et un père semblable à l'homme, ingrat et repoussant, que je suis devenu. Honte ultime, je me suis surpris à regretter que vous existiez, car le dégoût et la douleur que j'éprouve aux souffrances que je vous inflige sont insoutenables. Pardon.

J'ai braconné pour rester vivant, mais on ne trompe pas, on ne se contorsionne pas, on ne romance pas, on ne feint pas éternellement.

Depuis la mort brutale de mon père – j'avais dix ans –, je vis chaque jour avec la mort. Elle fait irruption quelques instants ou quelques heures, mais la férocité de sa manifestation, les suffocations qu'elle peut provoquer, ne sont pas indexées sur l'étendue de sa présence. Une poignée de secondes peut me terrasser, une journée entière peut être savoureuse. C'est, je l'avoue, surprenant. Et c'est incontrôlable.

La mort et le vide sont comme les deux plateaux d'une balance. Quand la mort me perturbe, son plateau s'affaisse et fait lever dans les mêmes proportions celui du vide. Quand elle m'enserre et me dévaste, son plateau s'écrase, et immédiatement fait bondir et culminer celui du vide. L'inverse se vérifie également. Quand l'impression de vide est insupportable et que son plateau s'enfonce, la mort est une harpie qui me darde son venin du haut de la balance. C'est dans cette oscillation qu'en permanence je dois me prononcer et me comporter. Parfois, même, la mort et le vide semblent se combiner… ou combiner, comme s'ils conspiraient. C'est invivable, au sens étymologique du terme. Ma vie aujourd'hui se réduit, se résume à attendre la mort.

Tous étaient accablés, chacun se recroquevillait sur ce qui lui faisait office de siège. Léa et Paul pleuraient sans interruption. Sarah se montrait stoïque, le visage paralysé, les yeux grands ouverts, rivés sur le sol. Claire restait prostrée ; elle ruminait dans sa mémoire ce matin-là, chez leurs amis, lorsqu'elle le cherchait dans le lit, elle ressassait la désinvolture avec laquelle, quelques heures plus tard à l'aéroport, elle avait éconduit son invitation à rester avec lui. Mais elle était mère, elle devait exercer son rôle, elle laissa alors ses yeux vagabonder dans l'assistance au cas où d'autres yeux l'auraient appelée à l'aide. Étienne, quant à lui, était dos au reste de la famille. Yquem s'était couché à ses pieds, son maître le caressait d'une main mécanique.

Cette vidéo commémorait tant d'émois et de ruines, cristallisait tant de vicissitudes et de débâcles. Elle faisait l'effet d'une foudre, elle les bâillonnait. Personne ne regardait personne, personne ne s'inquiétait de personne, personne ne voulait se diluer dans personne, chacun voulait être seul avec lui-même, et surtout seul avec Nicolas.

Roland avait marqué une courte pause. Il reprit son souffle et relança la lecture.

Ce qui m'aura tour à tour maintenu dans la vie et précipité dans les limbes, ce qui au gré des circonstances aura été poison et antidote, est la mélancolie. La mélancolie s'est battue avec elle-même pour m'emmener ici dans son royaume, là, au purgatoire. J'ai été sans cesse l'otage des clans qui la composent, elle donnait parfois l'impression de jouer avec moi selon son humeur et son plaisir. De plaisir, elle m'a donné beaucoup. En premier lieu d'entrevoir un sens, une forme d'utilité, une perspective à ce corps et à cette âme auxquels ils ont fait si souvent défaut. J'aurai vécu toutes les nuances de la tristesse, la morosité comme l'asthénie, la lassitude comme la désespérance, mais je dois à la mélancolie des fulgurances émotionnelles qui à elles seules ont mérité que je vive. Malheureusement, le rythme de leur survenue et leur pouvoir réparateur et enchanteur se sont estompés.

Je ne veux susciter auprès de vous aucune commisération, aucune clémence, auxquelles j'estime ne pas avoir droit. J'ai été avec vous ce que j'avais décidé d'être, et c'est ainsi.

Pardon, Claire ; pardon, mes enfants, pour cet enfer que je vous ai imposé, et qui vous a valu d'abord la colère et les ressentiments, ensuite la distance et l'indifférence ; l'une et l'autre étaient le plus sûr moyen, je devine, de vous protéger contre moi, de vous prémunir des conséquences de ma lente et irréversible décomposition. Surtout, ne culpabilisez pas.

Peut-être ma mort a-t-elle provoqué chez vous ce qui en a été l'origine : un vide. Le vide. Mais vous n'avez pas le même âge que moi, vous êtes construits autrement que moi, et ce vide vous allez le dompter. En tous les cas, je l'espère. Et puis je ne serai plus là pour vous en rappeler perpétuellement les pièges, les démons.

Claire était à bout de force. Elle était comme dépiécée, démembrée. Le sang avait fui ses veines, ses muscles étaient foudroyés, sa voix agonisait, elle était réduite au silence et à l'immobilité. Elle pensait au « garrotté » de Goya, elle avait l'impression de porter son linceul.

Le jour s'apprêtait à débuter son déclin, elle était dans l'incapacité de poursuivre l'exploration du calvaire, elle supplia les enfants de reporter la suite de la diffusion au lendemain matin. Devant leur protestation, elle haussa brutalement le ton, et l'éleva à une hauteur, à une fermeté, à une solennité qu'ils ne lui avaient pas connues depuis leur enfance. Aussitôt ils se turent, puis s'excusèrent. Roland accepta de rester dormir. La soirée fut calme. Personne n'avait véritablement faim, mais Claire servit tout de même un potage, un copieux plateau de fromages, et une coupe de fruits. Les enfants s'isolèrent dans la salle de jeux, au mur de laquelle était rivé un grand écran de télévision. Quel film diffusèrent-ils ? Personne ne s'en souvint. Roland, de son côté, flânait dans le jardin, et alluma un cigare. Claire se retira dans sa chambre.

*

Claire se leva dès l'aube. Elle prépara le petit déjeuner, puis retourna faire sa toilette et s'habiller. Elle n'en maîtrisait pas l'inspiration, mais elle ressentait l'envie de revêtir une belle tenue. Elle prit le temps de se coiffer et de se maquiller avec soin, et choisit une robe aux motifs fleuris et échancrée dans le dos, l'une de celles que préférait Nicolas. À sa surprise, lorsqu'elle retrouva la fratrie attablée, chacun avait fait l'effort de se parer dignement. Même Étienne avait remisé ses habituelles guenilles pour une tenue élégante. Et curieusement, l'humeur était presque badine. Les cafés et les thés avalés, Claire réunit les enfants dans le salon, et invita Roland à poursuivre la diffusion interrompue la veille.

Puisque vous visionnez ce film, c'est que je ne suis plus des vôtres. La lettre que j'avais commencé d'écrire à Claire a dû vous être remise par l'hôtel où je séjournais au moment de fuir. Vous savez donc d'où je viens, vous savez ce qu'a été mon existence de nouveau-né et d'enfant. Mais vous ignorez une réalité. Elle est ce « quelque chose » qui explique ma plus grande peur, ma plus insupportable phobie, qui explique ma rage, mes violences, mes ivresses, mes cauchemars lorsque mes efforts, conscients ou non, anciens ou récents, pour les enfouir étaient épuisés, vaincus, ou simplement marquaient une pause.

La lettre, je l'ai interrompue au moment où j'évoquais Cristian, le fils de mes bourreaux de l'orphelinat clandestin. Je me souviens précisément de la phrase que je rédigeais lorsque la femme de chambre m'apporta le petit déjeuner et, malgré elle, mit fin à ma narration. « Il allait m'apprendre ce qu'il savait. »

Voici ce qu'il me raconta.

Au moment où Nicolas entamait sa confession, un nuage isolé s'interposa devant le soleil, stationna dans le ciel, et adoucit la luminosité. Une délicate pénombre succéda à l'intense lueur qui avait scintillé sur les reliefs. Elle semblait protéger le visage, les mots, et donc la douleur de Nicolas.

Mais avant, mes enfants, je vous dois un préambule.

Vous avez souvent demandé, à votre maman et à moi, de vous offrir un chien. Claire y était toujours favorable, il faut dire que notre jardin s'y prêtait. Il faut reconnaître aussi que les attributs apaisants et réconfortants des animaux domestiques auraient peut-être contrebalancé un petit peu le climat délétère que j'imposais parfois. Je m'y suis toujours opposé, et je sais combien vous qui avez vécu sous notre toit, et notamment Étienne, m'en avez voulu.

Chaque fois que nous nous baladions, vous aviez peut-être remarqué que j'étais toujours équipé d'un bâton. Je prétextais m'en servir pour soutenir mes chevilles fragiles, en réalité il était mon arme de défense, car croiser un chien signifiait au fond de moi que j'allais être victime d'une attaque.

Claire, te souviens-tu de cet effroyable cauchemar, une nuit d'été ? Certainement, tant la réaction qu'il avait déclenchée avait été violente et irrationnelle. Nous dormions dans la chambre spacieuse et richement décorée d'un hôtel raffiné de la rue des Beaux-Arts, je t'avais fait la surprise de t'y emmener pour nous éloigner un peu des contingences fastidieuses de la maison et des enfants. Je tremblais, j'étais enfiévré, je n'avais pas retrouvé le sommeil avant le surlendemain. Pendant plusieurs jours, tu m'avais questionné sur l'origine de ce délire, je te répondais à chaque fois que je l'ignorais, mais tu remettais l'ouvrage comme si tu savais que je savais.

Oui, je savais.

La veille, un samedi, nous avions déambulé dans Paris, à la rencontre de plusieurs expositions. J'étais resté de longues minutes pétrifié devant La Tête de chien *d'Edvard Munch au Centre Pompidou, puis au Louvre devant* Le Chien qui crie, *de Yan Pei-Ming. De l'œuvre du Norvégien, je garde le souvenir des deux grands orifices qui faisaient office d'yeux et qui exprimaient une gueule vide. Celle de l'exilé chinois, dans un dégradé de gris, dressait un molosse, les crocs acérés, prêt à bondir sur moi. Dans la nuit qui suivit, les deux prédateurs composaient un attelage, ils s'étaient ligués contre moi. La créature terrifiante de Pei-Ming dévorait mes jambes pendant que celle de Munch hypnotisait mes réactions. Je subissais, docile, sans pouvoir réagir, l'inénarrable douleur. Puis la bête de Pei-Ming, répondant aux ordres de celle de Munch, engloutit ma tête. Une fois dans les entrailles du fauve, une fois dans le vide du cerbère, je me débattis, sans jamais parvenir à m'en extraire. Alors, je m'étais réveillé, m'avais-tu expliqué, en train de lutter de tous mes membres sur le lit.*

Il s'interrompit. Il était certain de raviver une ombre très singulière dans la mémoire de Claire. Une ombre jamais expliquée, à laquelle elle n'avait pas su indexer un coefficient d'importance précis et juste. Cette ressouvenance soudaine allait l'halluciner, pensa-t-il, et il ressentit un embarras honteux. Il avait vu juste. Hagarde, elle se leva telle une somnambule, se rendit silencieusement dans le jardin, alluma une cigarette, et se statufia. Un quart d'heure plus tard, une fois le songe évacué, elle revint et se rassit au milieu des siens. Roland reprit la diffusion.

J'en viens maintenant à la déclaration de Cristian. Ce qu'il savait tenait en quelques phrases, qu'il distilla lentement.

J'avais été le supplicié de ses parents.

Lorsque je désobéissais, j'étais puni. Lorsque je criais de faim, lorsque la vermine se repaissait de ma saleté, j'étais puni. Lorsque, dans l'étable qui faisait office de chambre et sur le foin qui nous servait de matelas et que nous partagions avec les cochons, je quémandais une couverture pour m'abriter du froid, j'étais puni. La sentence était immuable ; j'étais placé à l'isolement, dans l'enclos des chiens.

Le châtiment pouvait durer plusieurs jours. Parmi les bêtes qui grondaient et aboyaient jour et nuit, qui avaient été dressées pour terroriser, une en particulier me paralysait. C'était une femelle doberman dont la taille, les tensions de la mâchoire, la dentition acérée, la musculature affinée, impressionnaient même ses maîtres. Elle avait pour nom Tigrut. Elle ne mordait pas, elle n'avait pas besoin de cela pour horrifier. Lorsque ses yeux, rouges de cruauté, fixaient sa proie, celle-ci était immobilisée. Momifiée. Cela pouvait durer des heures. Je vivais dans l'épouvante.

Paul, contre toute attente, se décomposa. Il pâlit, sa voix chevrota, ses doigts se mirent à trembler. Paul l'insubmersible, Paul l'impavide se désintégrait, l'intérieur de son corps expulsait une bile, et même toute l'atrabile que son père avait inoculée dans son être coup après coup, fuite après fuite, incompréhension après incompréhension. Le flot de larmes semblait intarissable, il pantelait et hoquetait sans pouvoir réguler sa respiration, le haut de son corps convulsait. Tous le dévisagèrent, abasourdis et assommés par cette dislocation imprévisible. Quelques minutes plus tard, il reprit son souffle et redressa son buste. Sarah lui tendit un mouchoir, il essuya ses joues noyées, et aussitôt recouvra sa disposition habituelle. Il s'excusa même de cet « écart », de cette « faiblesse » qui ne lui ressemblait pas. Claire le savait, il ne servait à rien de vouloir entreprendre sa consolation. Mais le moment choisi par Paul pour s'immoler n'était pas fortuit ; il était l'ultime instant avant l'indicible révélation.

Claire indiqua à Roland de poursuivre la diffusion. Il marqua toutefois une pause, posa ses lunettes sur le guéridon marqueté d'acajou, d'amarante et d'amboine, et demanda à Sarah la cigarette qu'elle consumait. Il inhala trois bouffées, et rejeta en une fois mais lentement la fumée accumulée dans ses bronches. Puis il appuya sur le bouton de lecture.

Mon interlocuteur se tut. Il n'avait pas d'autre souvenir de moi. Il ne manifesta pas de compassion particulière, il n'exprima pas de quelconque contrition au nom de ses parents. Il sembla toutefois soulagé.

Mais qu'il se délivre ne me délivra pas. Le principal trésor de tout enfant – la candeur, l'éveil, la curiosité, l'authenticité, la spontanéité, grâce auxquels il déploie plus tard sa sensibilité – avait fait l'objet, chez moi, d'un rapt. D'une profanation. Mes ravisseurs en avaient-ils seulement été conscients ? Pas sûr. Dans cet enfer, j'avais été une charogne. J'avais été une charogne alors que mon existence ne faisait que débuter. J'avais été une charogne bien avant que ne fasse procession vers moi la horde de prédateurs qui, au long de mon existence d'adolescent, d'adulte, de mari et de père, me dépècerait méthodiquement.

Je quittai mon hôte et m'apprêtai à rejoindre le parking lorsqu'il me héla. Je retournai sur mes pas, m'approchai de lui et tendis l'oreille attentivement, le bruit des poids lourds couvrant sa voix. Il me demanda des nouvelles de mon frère et de mes deux sœurs, selon lui plus âgés, livrés en même temps que moi à l'animalité de ce foyer. J'étais stupéfait. Hébété. J'avais vécu comme une bête, et j'avais un frère, j'avais deux sœurs qui avaient été élevés comme des bêtes. L'exaction, les sévices, avaient été d'une nature qu'on ne peut pas définir.

Je m'engouffrai dans la voiture et roulai sans m'arrêter en direction de Bucarest. J'étais comme ivre, ma tête donnait l'impression de frapper les parois d'un cube dont elle était prisonnière. J'avais réservé une nuit d'hôtel, mais il m'était impossible de demeurer plus longtemps ici. Je me rendis directement à l'aéroport, j'engloutis plusieurs whiskys, et sombrai dans le vol de nuit.

Étienne haletait. Il se souvenait des conditions dans lesquelles, après la mort de son père, toute la fratrie, et en particulier lui-même, avait réclamé un chien, ce vœu que Nicolas avait toujours refusé d'exaucer. Yquem était le symbole d'une vengeance, ou plutôt d'une colère inconsolable provoquée par la mort culpabilisatrice, la mort incomprise, la mort d'un traître. La fureur gicla. Étienne balança un violent coup de pied dans le ventre d'Yquem qui s'enfuit, apeuré, puis il se prostra. Sa mère, son frère et ses sœurs s'avancèrent vers lui et l'enveloppèrent de leur tendresse.

Chacun vivait une seconde fois la mort de celui qui avait été aimé et maudit, de celui qu'ils pardonnaient de son vivant et qu'ils ne pardonnaient plus depuis cinq ans. Mais cette seconde oraison annonçait d'autres perspectives, car elle avait le pouvoir, s'avérait-il déjà, de guérir et d'acquitter. Il était trop tôt pour en être certain, il était assez tôt pour l'espérer. Dans ce court enregistrement fermentait de quoi combler le vide que la mort avait creusé en eux et qu'ils charriaient comme un fardeau sans cesse plus insupportable, de quoi réparer ce qu'ils pensaient pour toujours irréparable. De quoi aussi remblayer le propre vide de leur père. Cette vidéo était bien plus qu'une cautérisation : une réhabilitation et une résurrection. La charpente sous laquelle chacun s'était blotti depuis tant d'années et s'était construit un abri se lézardait, les fondations s'effritaient, les parois se crevassaient. L'édifice craquait de toutes parts et, chacun le pressentait imperceptiblement mais sûrement, des décombres prendrait forme puis racine une seconde vie. Une vie dont l'époux, le père, ne serait plus exclu, une vie dans laquelle il occuperait une place, la place que justifiait *toute* son existence, consolidée jusqu'à l'innommable petite enfance.

Roland les invita à se rasseoir, pour écouter l'épilogue.

Avant de rentrer à Paris, je mandatai un détective. À peine un mois plus tard, Claire et moi prenions l'apéritif dans le jardin lorsque la sonnerie de mon téléphone retentit. L'ex-inspecteur de police reconverti dans de plus lucratives enquêtes privées avait retrouvé la trace de ce frère, de ces sœurs. Ses accointances avec d'anciens fonctionnaires à la solde de l'ex-régime despote l'avaient aidé à remonter les filières d'adoption et à identifier cette parentèle.

Il avait appris que quelques semaines avant que je sois remis à mes parents français, tous trois avaient été placés dans une même famille, des paysans pauvres établis en Transylvanie, près de Cluj, sur les contreforts hostiles du massif des Carpates. Pourquoi avais-je été séparé d'eux ? Qu'étaient-ils devenus ? Une fois les coordonnées de cette ferme établies, je repartis en Roumanie.

Votre mère pourra vous le relater ; pendant ces vingt-six jours exactement puis jusqu'à ce nouvel envol pour Bucarest, je faisais preuve d'une gaieté inhabituelle. L'attente était excitante, l'élucidation était excitante, et je ressentais une grande joie, presque une fierté de vivre cette excitation. Un événement survenait dans mon existence, qui, aux yeux de tous et peut-être des miens, allait transformer une existence quelconque en une existence singulière. Le sommeil s'était retiré avec élégance, comme s'il voulait m'offrir de vivre pleinement, intensément, cette griserie. L'insomnie s'était commuée en agrypnie, et plus mon corps souffrait, plus mon esprit s'animait.

C'est dans cet antagonisme des états, physiquement éteint et psychiquement électrisé, que mon avion atterrit au crépuscule à l'aéroport Henri-Coandă. La nuit, je voulus la passer loin des tentations, je voulais la vivre en toute conscience, je voulais que rien ne l'encrasse. Je m'étais donc abrité dans un établissement impersonnel qui bordait une large avenue dans le quartier d'affaires. Cette nuit-là fut à l'aune de toutes celles qui l'avaient précédée : agitée, hachée de brefs assoupissements réparateurs morcelant de longues séquences éveillées.

Le lendemain matin, je me rendis au Musée national des arts. Je l'avais arpenté à chacun de mes séjours, je connaissais avec précision sa prestigieuse collection. Cette fois, une huile m'attirait en particulier; celle dite de l'« autoportrait à l'œil énucléé » du peintre Victor Brauner, habituellement hébergée à Paris et prêtée ici le temps d'une rétrospective. Ce petit tableau, d'une puissance phénoménale, avait une histoire prophétique fascinante; son auteur surréaliste l'avait composé en 1931, sept ans avant qu'il ne soit éborgné lors d'une rixe. Oui, « quelle histoire », pensai-je à propos de cette œuvre, à propos aussi des rebondissements de mon existence.

Je ralliai Cluj dans l'après-midi. La route, otage d'un convoi ininterrompu de poids lourds, était pénible, la pluie, incessante. Arrivé dans les faubourgs, je fis une halte dans une auberge et me rassasiai à la hâte. J'étais pris de légers vertiges, comme groggy sous la peur de coups inconnus mais que je redoutais déjà. Une fois apaisé, je me rendis à l'adresse indiquée par le détective, à une quinzaine de kilomètres du centre-ville.

C'était l'entrée d'une métairie, que je décidai d'observer avant de prendre toute autre initiative. En partie dévissée, une plaque rouillée indiquait le nom de famille, Istrati. J'arrivai à sourire, comme pour dépassionner l'instant tragique : « Et si nous étions parents de l'auteur des pérégrinations d'Adrien Zograffi ? » En passant ma tête par-dessus la barrière, ce que je vis me glaça et musela aussitôt mon élucubration. Quelques ares étaient sommairement cultivés, des poules, des cochons, des canards faméliques étaient embastillés dans un enclos, quelques épaves de voitures et des débris de tracteurs rouillés jonchaient la courte allée conduisant à l'entrée de la bâtisse. L'insalubrité dominait, un effluve pestilentiel ceinturait l'abri des bêtes qui jouxtait les terres labourées. Tout était inhospitalier. Et toujours ces chiens forcenés, ces molosses encordés à des pieux qu'ils semblaient pouvoir arracher du sol par la seule puissance de leur musculature et de leur rage.

Les hôtes donnaient l'impression de vivre comme des serfs, et la maison, d'où émanaient des remugles nauséabonds, craquelait de toutes parts.

Je me décidai à interpeller l'un d'eux, qui abreuvait une jument atrophiée et son poulain décharné. Il avança vers moi, bougonna quelques mots, scanda un dialecte que je peinai à déchiffrer, et je me présentai sous une fausse identité, celle d'un reporter venu de France étudier les conditions de vie des paysans des ex-pays de l'Empire soviétique. De laisser transpirer une indulgence et une nostalgie certaines à l'égard de l'ancienne tyrannie me permit de gagner sa confiance. Il m'invita à prendre place sur un tabouret brinquebalant, sa sœur nous rejoignit.

Il se prénommait Constantin, et elle, Monica. Constantin était grand, replet, sa carcasse était voûtée, son visage était ingrat, c'est-à-dire inexpressif, ses yeux délavés étaient bouffis, son regard fuyant n'autorisait aucune aspérité, mais son large sourire semblait abriter de la bonté. Monica était d'un étonnant mimétisme, seuls une poitrine opulente, un fard outrancier et une chevelure abondante d'une blondeur décolorée la distinguaient de Constantin. J'engageai le dialogue. Très vite, à la faveur de mes ruses, j'acquis la confirmation qu'il était mon frère, qu'elle était l'une de mes sœurs, la seconde n'ayant pas survécu à une enfance, disaient-ils, « de misère ». Les minutes s'écoulaient, et des souvenirs de plus en plus précis de situations associées à ces prénoms jaillissaient et s'entrechoquaient dans ma mémoire. Des souvenirs qui convoquaient mes sens ou des impressions. Le bruit des disputes entre nous, celui des maîtres s'égosillant, celui des chiens s'époumonant. Le plaisir d'observer les étoiles, de bricoler un abri dans les arbres, de jouer à cache-cache, de partager un biscuit. La douleur des coups de fouet sur le dos, celle du ventre affamé, celle d'un cochon qu'on égorge. La douleur d'être sans mère et sans père.

Je poursuivis l'échange avec méthode et prudence, sans rien laisser paraître de mon trouble. Chaque fois que j'étais tenté de révéler ma véritable origine, une sorte de réflexe me réfrénait. Face à moi, un homme et une femme illettrés, accoutrés de guenilles élimées, vassaux d'une exploitation agricole et d'une existence carcérale qui devaient leur assurer juste de quoi vivre décemment. L'indigence était plurielle. Matérielle, émotionnelle, affective. L'œuvre de nos tortionnaires les avait lapidifiés. Leur courtoisie, touchante, ne rétablissait qu'à la marge l'impression de décomposition que me procurait ce spectacle.

Au fil de la conversation, je les amenai à exprimer l'existence d'un autre frère, qui leur fut soustrait lorsqu'ils étaient enfants. Mon cœur palpitait. Ils ne prêtèrent pas attention à la subite moiteur de mes mains, au léger tremblement de mes doigts. De ce qu'ils savaient, lorsque leurs parents adoptifs s'étaient rendus à l'orphelinat pour « choisir » leur progéniture, ils étaient titulaires d'une triple autorisation. Ils prirent les deux filles, qu'ils espéraient destiner plus tard à un mari issu d'une famille plus aisée. Des deux garçons, ils désignèrent celui qui physiquement était le plus robuste, le mieux préparé à accomplir les tâches de la ferme.

Je ne prononçai plus un mot. Je prétextai d'autres rendez-vous, saluai, et pris congé.

J'étais désarçonné. J'étais ravagé. Voilà donc à quoi avait tenu la trajectoire miraculeuse de mon existence. À un coup du sort. À un détail corporel. À un arbitraire insupportable. À une chance inique.

Je ressentais une gêne indéfinie, puis une culpabilité certaine. Cette culpabilité, je ne le présumais pas encore, entortillerait plus tard tout mon squelette.

De retour à Bucarest, j'éprouvai le besoin irrépressible et même physique de me laver. Je m'engouffrai dans ma chambre d'hôtel et nettoyai scrupuleusement toutes les parties de mon corps. Puis je sortis et me rendis en l'église Stavropoleos, en quête d'absolution. Mais dans cet écrin, point de prêtre pour pardonner et compatir. La clémence, j'allais la trouver le soir dans la boisson, et la nuit dans l'étreinte avec une prostituée. Elle était « ma » Rosa, j'étais « son » Momo, et dans cette adaptation invraisemblable de l'œuvre de Romain Gary, je redevenais jeune orphelin. Mais cette fois j'étais aimé. Et j'apprenais à aimer.

Dans l'un de ses plus beaux textes, Aragon proclame qu'« il n'y a pas d'amour heureux ». Je crois qu'il avait raison. Claire, c'est ce que je t'ai murmuré, en roumain, à l'aéroport, lorsque nous nous sommes quittés après ta venue chez François et Violette. Peut-être te souviens-tu : Nu există dragoste fericită.

Les quatre premières années de ma vie ont été celles d'un vide total d'affection occupé par une éruption permanente d'atrocités. Comment ai-je pu, par la suite, suivre un tel itinéraire, chaotique mais éclairé, sinueux mais digne ? Je l'ignore. Je le dois en partie à mes parents, qui, semble-t-il, ne surent jamais de quel terrier leur enfant avait été extirpé, de quelle grotte était rescapé celui qu'ils allaient élever. Ils s'accomplirent en tuteurs de résilience, comme toi, Claire, plus tard, te révélerais l'être aussi, comme chaque violon réparé en fut lui-même un. Les uns après les autres, vous avez forgé mon patrimoine affectif, un trésor inespéré grâce auquel je me suis maintenu en sursis et suis resté debout dans la course – parfois un marathon, parfois un sprint – que j'ai livrée avec la mort.

Je comprends mieux d'où me vient cette « conscience de gauche », cette révolte permanente contre les injustices. Je les croyais héritées d'une éducation – faussement – égalitariste. En réalité, elles avaient pour origine un naufrage dont j'avais réchappé. Un naufrage dans lequel mon frère avait péri pour me sauver. Ce miracle auquel je devais tout et qui ne me devait rien expliquait mon indisponibilité au bonheur, le bonheur que l'on reçoit et le bonheur que l'on donne.

Pourquoi ne vous ai-je rien dit de ces découvertes ? Pourquoi n'ai-je rien confié à toi, Claire, à chacun de vous, mes enfants ? Ce qui brûle au fond de soi, parfois on réussit, parfois on échoue à le partager, sans pouvoir associer à l'une ou à l'autre option un quelconque motif rationnel. Tout n'est pas explicable ou justifiable : il faut s'en contenter, il faut même l'accepter. Voilà un mystère, et il faut davantage que le respecter : le protéger.

Depuis quelques secondes, le visage de Claire s'était brutalement crispé, il blêmissait comme si un fantôme surgissait et envahissait tout son être. Elle saisit et pressa le bras de Roland pour qu'il suspende la diffusion. Elle se leva, se précipita dans l'escalier, et s'engouffra dans sa chambre. Elle y demeurait depuis une dizaine de minutes lorsque l'assemblée, inquiète, décida de la rejoindre. Prostrée sur un côté du lit, elle pleurait. Elle était mutique. Dans ses mains, elle tenait, ouvert sur la page de garde, *La Douleur*, de Duras. Ce livre était celui qu'elle avait emporté lors de son séjour chez Violette et François, avant l'ultime fugue de Nicolas. Sur cette page apparaissaient, griffonnés de ses doigts, quelques mots, ou plutôt une interprétation phonétique qui semblait indéchiffrable. Sarah retira délicatement le livre des mains de Claire, puis elle tenta un décryptage de ces sons. La traduction était confuse, chaotique, mais chacun reconnut l'octosyllabe d'Aragon chanté par Brassens.

Claire avait repris son souffle. Elle s'expliqua : « Lorsque nous nous sommes quittés, Nicolas a en effet balbutié dans mon oreille quelques mots d'une langue que je ne comprenais pas. J'en ai souri, je lui ai demandé l'origine de ce jargon et le sens de sa phrase. Pour réponse, son visage s'est figé, puis il a exprimé un rictus, une facétieuse grimace destinée peut-être à couper court à mon interrogation et à me rassurer. Je n'ai pas insisté. J'étais en retard, je devais passer les portiques de contrôle, et embarquer dans un avion dont j'entrevoyais à travers les baies vitrées les hélices déjà en rotation. Une fois assise, sans autre idée que de le questionner à son retour chez nous sur cette plaisante énigme sémantique, je m'amusai à la transcoder. Le drame qui survint le lendemain relégua cette anecdote loin, très loin dans la liste de mes préoccupations, elle fut même une ellipse dans ma "mémoire de Nicolas". Elle est réapparue, incomplète et vaporeuse, avant-hier, lorsque j'occupai mon insomnie à reconstituer notre ultime rencontre. Si j'avais su… Ce jour-là, par cet indice qui le protégeait encore mais qui fêlait l'armure, peut-être esquissait-il le désir de me révéler son histoire, de me révéler l'irrévélable. Peut-être me demandait-il de prendre l'initiative de provoquer la délivrance, de l'exorciser. Peut-être voulait-il me prévenir qu'il allait mettre fin à son calvaire, que s'"il n'y a pas d'amour heureux" il est inutile de vivre… Je ne saurai jamais. »

Tous redescendirent au salon. La première phrase que Nicolas, poursuivant son récit, allait prononcer attisa la désolation de Claire.

Maintenant, vous savez. Puissiez-vous me gracier de tout le mal que j'ai perpétré.

Si elle vous est remise, cette vidéo signifie que je vous ai rendu votre liberté. Il était nécessaire que je vous désenchaîne de l'encombrement que je suis devenu, il était temps que je vous déleste d'une entrave à jouir de l'existence – si jouir de l'existence est votre désir. Mon absence était une condition pour que vous puissiez initier votre propre récit.

Adieu.

Nicolas bégaya ce dernier mot, les yeux d'abord aimantés vers le sol pour masquer ses sanglots, puis braqués, à travers l'objectif de la caméra, sur ceux de sa femme et de ses enfants, qu'il avait aimés et qu'il allait quitter. L'image était insoutenable. Personne ne put jamais la visionner une seconde fois.

Roland se tut. Puis, sans que personne le retienne, il traversa le salon, longea l'entrée, s'évanouit dans le jardin et franchit la grille. Une fois dans la rue, il se donna le droit de pleurer.

*

Le lendemain, Claire demanda à Léa de différer de quelques jours son retour en Amérique. Le dimanche qui suivit la délivrance, une centaine d'amis se réunirent dans le jardin. Claire avait convié chacun de ceux qui avaient partagé le sentier de Nicolas. Un sentier qu'ils avaient parfois parcouru sur ses traces, dont ils s'étaient parfois écartés, qu'ils avaient parfois fui, un sentier que symbolisait celui qu'il avait arpenté avant de mourir.

La chaleur était douce, le soleil discret, certains arbustes et plantes étaient encore colorés. Claire avait disposé sur les tables des bouquets de pivoines, de renoncules, de lys, de dahlias et d'autres variétés encore de ces fleurs qui embaumaient la maison lorsque Nicolas l'habitait. Elle invita l'assemblée à s'asseoir sur l'herbe, toujours folle, et elle fit venir ses enfants.

Ensemble, ils lurent. La lettre qu'il avait commencée pour Claire, puis la retranscription écrite du film. Ils s'étaient refusés à diffuser ce dernier. Le visage et la voix *post-mortem* de Nicolas n'appartenaient qu'à eux.

Puis Claire prit la parole. Elle fut sobre et lumineuse. Elle dit qu'elle comprenait, enfin, ce qui les avait greffés l'un à l'autre invisiblement, ce qui les avait jumelés indestructiblement. Elle avait connu l'horreur, lui, la terreur ; elle avait connu l'arrachement, lui, l'absence. Peu importait après tout qu'il ait su pour elle et qu'elle n'ait pas su pour lui. Bien sûr, elle aurait tant aimé l'aimer de l'amour réparateur, cathartique dont il « avait besoin pour lui » et qu'il avait su – même si parfois c'était avec maladresse ou dans la douleur – « lui donner à elle ». Mais « on ne refait pas l'histoire », ajouta-t-elle. Leur amour était de « pardon permanent », à l'image du pasteur exhortant, chaque dimanche inlassablement, les paroissiens à la miséricorde. Les enfants et les amis n'avaient pas toujours compris comment ce couple si abîmé, si démoli par les tempêtes que déclenchait Nicolas, pouvait continuer de résister. Et même de vivre. « Car, oui, nous vivions, notre couple était *formidablement* en vie », tint-elle à déclamer. Et l'universitaire, sensible à l'exactitude de la langue, de rappeler que l'adverbe concentre « le merveilleux et le délétère ». « Je sais maintenant ce qui maintint le tuteur de notre couple droit et vivace. Parfois chancelant, sali, courbé, calomnié, mais droit. Parfois ensommeillé, desséché, empoisonné, exténué, mais vivace. Nicolas m'a fait une offrande inestimable, une offrande dont lui-même n'a pas pu, souhaité ou su profiter, une offrande que je n'ai pas réussi à partager avec lui : celle de *vivre.* »

Claire avait achevé son propos, elle fit signe à une poignée d'invités élégamment costumés ; une formation de musique de chambre accompagnée d'un piano prit place alors sur une estrade dressée devant le perron. Elle interpréta des pièces de Schubert, deux impromptus, une sérénade, la sonate *Die Schöne Müllerin*, des extraits de *La Jeune Fille et la Mort*, elle joua un passage des *Pêcheurs de perles* de Bizet, et des deuxième mouvement, ceux du *Concerto pour violon* de Beethoven, du *Trio n° 2* de Schubert, du *Sextuor n° 1* de Brahms.

Aucun spectateur n'osait applaudir, n'osait rompre un moment de son existence qu'il éprouvait être anthologique. Le vertige de la lettre les avait assommés et emmenés dans leurs ténèbres, le vertige de la musique les ranimait et les emportait vers l'extase. De part et d'autre de ces vertiges, il y avait Nicolas.

Un ultime deuxième mouvement conclut le programme, celui du *Concerto pour violoncelle* de Dvořák. Celui qui avait arraché des larmes à Nicolas. Celui qui avait fait sangloter sa mère au moment de mourir.

Puis ils burent. « À sa mémoire, sans retenue », avait tonitrué Claire. Elle fit servir des magnums de côte-rôtie et de margaux, de puligny-montrachet et de chambolle-musigny. En douceur la torpeur s'était dissoute, en douceur les sourires, puis les rires configuraient une joyeuse cacophonie. Les gestes se déliaient, des complicités se formaient ou se reformaient, des réconciliations se tressaient. La nuit tombait, personne ne voulait partir. Pierre et Guillaume, suivis de Myriam et de Djamel, se mirent à danser sur les sons que Paul et Sarah programmaient ; immédiatement plusieurs couples les rejoignirent dans une euphorie qui tenait du miracle et qui s'étira jusqu'à l'aube.

Quand la lumière du jour commença de poindre, une majorité d'invités étaient encore présents. Sans un mot, ils se dispersèrent dans le jardin, se regroupèrent par affinité ou simplement par hasard. Chacun, dans son silence, espérait du lever du jour qu'il fût le théâtre d'une communion avec Nicolas. Dans le jour et dans la nuit qui s'étaient succédé, la poésie des mots, la poésie des partitions, la poésie du vin avaient composé une poésie de l'humanité, et avaient fondé une communauté de vivants venus rendre la vie à un mort.

Claire rayonnait. Étienne étincelait. Son âme avait saigné pendant des années, elle entamait sa cicatrisation. Désormais, son âme était avec celle de son père.

REMERCIEMENTS

La parution d'un premier roman relève d'un sinueux parcours du combattant, surtout lorsqu'on fait le choix d'être sourd aux injonctions, imperméable aux compromis. À vous, dont la foi dans ce texte fut précieuse quand la confiance déclinait face aux obstacles, merci; Chienne de vie *n'aurait pas vu le jour sans votre formidable engagement.*

Albert Benloulou – et notre « entremetteur », le bienveillant Dominique Favario –; son accueil du manuscrit, ses conseils, ses encouragements au long cours furent déterminants.

Géraldine, mon épouse; j'appréhendais sa lecture, son jugement fut libérateur.

Nicolas Neumann; que serait devenu Chienne de vie *si vous ne m'aviez pas abordé au petit matin sur un quai de gare?*

Chacun de ceux qui ont pris le temps de lire le manuscrit et spontanément m'ont offert un généreux commentaire, essentiel lorsque ma confiance vacillait. Merci Boris, Edgar, Roger-Pol, Monique, Étienne, Karol, Dominique, François, merci Laurent Berger, Azouz Begag, Daniel Kawka, Michel Wieviorka, Serge Guérin, et mes parents Geneviève et Jean.

Sophie Verdet, pour la pertinence et la précision de sa relecture.

À mes chers enfants Pauline et Antoine : acceptez l'indéchiffrable et l'impénétrable, laissez-les guider votre lecture lorsque vouloir distinguer le possible de la fiction, le réel de l'imaginaire devient pénible. Lire, c'est s'abandonner.

À chaque peintre, sculpteur, auteur et musicien, à chaque paysage, relief et circonstance, à chaque compagne et compagnon qui escortent N… dans ce voyage.

Cet ouvrage, mis en page par Laurent Lempereur,
a été composé en Adobe Garamond Pro corps 13
et relu par Sophie Verdet et Thomas Pogu.
La photogravure de la couverture,
également exécutée par Laurent Lempereur,
a été confiée au Studio 4C, Paris.

Éditions El Viso
Directeur : Gonzalo Saavedra
Directeur éditorial France : Nicolas Neumann
Assistante éditoriale : Marie Meyer-Vacherand

Achevé d'imprimer en mars 2022
sur les presses de l'imprimerie Florjancic (Slovénie)